Nix als wie fort

Inhalt

Ehefrau vergessen

Frankfurt (dpa) – Ein 47-jähriger Mann aus Mainz hat zweihundert Kilometer auf einer Autobahn zurückgelegt, ohne zu bemerken, dass seine Ehefrau nicht mehr im Wagen saß. Nach einem Halt in einer Raststätte bei Heidelberg betankte er das Auto und wollte seine Frau im Café abholen, ist dann aber ohne sie weitergefahren. Kurz vor Stuttgart wurde der Mann von der Polizei rausgewinkt, dabei fuhr er auf ein anderes Fahrzeug auf. Erst bei der Kontrolle stellte der Fahrer die Abwesenheit seiner besseren Hälfte fest, die inzwischen die Kripo benachrichtigt hatte. Sie dachte, ihr Mann sei entführt worden, er sei Anlageberater bei einer Bank.

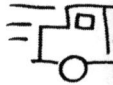

Die Reaktionen

Die zurückgelassene Frau, rabiate Version

Du Scheißkerl! Bist auf und davon. Lässt mich einfach hier sitzen. Aber da hast du dich geschnitten. Von wegen abhauen. Ohne mich bist du verloren. – Wo will er hin? Nach Stuttgart zu seiner Geliebten? Er denkt, ich wüsste nichts davon. Haha, da liegst du falsch, mein Freund. In fremden Betten rumsielen – da bin ich gegen.

Ich muss die Polizei anrufen. Mein Mann ist entführt worden! Stoppen Sie den Wagen noch vor Stuttgart. Sie dürfen den Fahrer ruhig foltern. Und ihm sein falsches Gebiss rausreißen. Aus seinem Mund kommen ja immer nur Lügen, ich weiß das am besten. Na ja, das muss die Polizei nicht unbedingt wissen. Hauptsache, sie holt ihn aus seinem Karren. Sein Gspusi in Stuttgart darf er auf keinen Fall erreichen.

Die zurückgelassene Frau, gescheite Version

Er ist weg ... einfach fortgefahren ... Da hätte ich auch draufkommen können. Ich könnt' mir in den Hintern beißen. Ich hätte doch Achim hierher bestellen können, an der Rückseite des Cafés hätte er auf mich warten können, und ich wäre durch den Hinterausgang raus. Vielleicht wär' dem guten Mathias da ein Licht aufgegangen. Frau spurlos verschwunden. Auf Nimmerwiedersehen. Was er da wohl gemacht hätte? Ich ruf die Polizei! Die Polizei muss her. Und wenn sie ihn eingefangen hat, mach ich das Gleiche mit ihm. Nur viel besser. Da kann er die Polizei rufen, so laut er will. Die finden mich nie. Umgestylt und mit Langhaar-Perücke sehe ich mir kaum noch ähnlich. Wir Frauen haben schließlich gewisse Möglichkeiten. Möglichkeiten, an die Männer im Traum nicht denken. Diese armen Tröpfe.

Fliehen generell

Fliehest du?
Fliehe nur zu.
Fliehest du für dich.
Fliehe ich für mich.
Flöhen wir doch gemeinsam!
Flöhe, ach, machen dir Angst?
Ferzeihung, ein Missverständnis
Fliehe nur weiter
Fliehen beruhigt
Fliehen ist schön
Fliehe nur allein
Fliehe dir doch schnell hinterher

Innerer Monolog des Davongefahrenen

Davon sag ich nichts ... das soll Rita nie erfahren. Es gibt schließlich Berufsgeheimnisse. Wir dürfen ja nicht darüber reden. Niemand weiß davon, und weshalb sollte ich es ihr sagen. Da müsste ich mit dem Satz beginnen: „Weißt du, wie ich zum Schwein wurde ... zum Finanzschwein?" Nein, nein, das würde sie nicht verstehen, da käm' sie nicht mit ... Ich habe an arglose Kunden Papiere verkauft, die nichts wert sind. Wir haben den Leuten Charts gezeigt ... die Kurve ging nur nach oben. Fälschungen, wie das bei Banken heute üblich ist, sogar bei unserer, der größten ... Die Wahrheit wird verdreht, so lange, bis man selbst an die Verdrehung glaubt und sie für die Wahrheit hält. Aber Rita will sowieso nichts wissen, sie schweigt jetzt schon seit einer halben Stunde, wahrscheinlich ist sie hinten eingenickt. Gut so, Reden ist überflüssig, ich könnte ihr sowieso nichts sagen, ich muss damit selbst klarkommen, und eigentlich hab ich von den Schweinereien in der Bank ja nur profitiert ...

Solo-Dramolett

Der Mann fährt längst allein auf der Autobahn, glaubt aber, seine Ehefrau säße hinter ihm. Er beginnt ein Gespräch.

Er: Weißt du, was ich dir schon lange sagen wollte?
(Sie schweigt)
Er: Ich meine nichts Privates. Also, privat ist da überhaupt nichts ...
(Sie schweigt)
Er: Du glaubst mir nicht? Warum glaubst du mir nicht?
(Sie schweigt)
Er: Dein Schweigen macht mich verrückt. Glaub mir doch, da ist nichts.
(Sie schweigt)
Er: Verstehe, dein Schweigen ist beredt. Ich weiß schon, was du mir damit sagen willst.
(Sie schweigt)
Er: Das mit Kerstin war kein Seitensprung. Ich wollte doch gar nicht ... die hat mich ihren langen Fingernägeln gewissermaßen ...
(Sie schweigt)
Er: Sag doch was. Du hast dich extra hinter mich gesetzt, damit ich dich nicht sehe.
(Sie schweigt)

Er: Na gut, ich bin ein Mann, der seine Schwächen hat, das gebe ich ja zu. Aber diese Kerstin ... du glaubst ja gar nicht, wie die mich angemacht hat.

(Sie schweigt)

Er: Aber im Grunde war nichts ... praktisch nichts ... das kannst du mir glauben.

(Sie schweigt)

Er: Dein Schweigen macht mich ganz verrückt. Du glaubst mir nicht – ich höre das. Es hat ganz harmlos angefangen, es war ein laues Lüftchen, das sie zum Sturm entfacht hat, nur deshalb bin ich ... ach, du hörst mir ja doch nicht zu.

(Sie schweigt schon wieder)

Wutrede hinterm Steuer

Der weggefahrene Mann laut im Selbstgespräch:

„Sauerei … Super schon wieder fünf Cent teurer! Die Urlaubszeit geht zu Ende, die Preise klettern. Das alte Lied. Die Öl-Multis kriegen den Hals nicht voll. Diese Kraken, diese Haie! Und die Politik ist machtlos … die verdient doch an der Steuer mit … Unser Verkehrsminister ist eine Flasche! Keine Flasche – eine Flascheleerflasche … den müsste man mit Diesel abfüllen. Nee, diese Burschen von Aral und Shell müsste man vollpumpen mit ihrem eigenen Saft. Und dann eine Lunte dran. Schöne Explosion … Hat man schon gehört, dass Islamisten eine Ölfirma in die Luft jagen? Das wäre doch mal was. Da würd' ich konvertieren. Zum Islamisten werden, aber zum begeisterten. Auftritt im Internet: Gestatten, mein Name ist Mathias Ben Laden junior, wir sprengen uns nicht länger selbst in die Luft, wir sprengen jetzt Aral in die Luft … Ach, ich fahr schon wieder viel zu schnell. Das teure Super fliegt hinten raus, und außer mir empört sich niemand! Diese Luschen an der Raststätte!"

Der ausführliche Bericht der
BILD-Zeitung

BANKER AUF AUTOBAHN GESTOPPT!

Wollte Frau und altes Leben hinter sich lassen

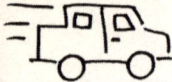

Die verlassene Frau

Vor dem Raststätten-Café
Geht eine Frau einsam und allein
Auf und ab und hin und her
Wo, wo ist der Ehemann?
Eben war er doch noch da
Hat man ihn entführt?
Will man demnächst Geld von ihr?
Ach, das wäre wirklich schön
Denn Penunze rückt sie nimmer raus
Und den Mann – sie hätt' ihn endlich, endlich los

Der redselige Mann hinterm Steuer

Wie hat dir der Kaffee geschmeckt, mein Schatz? – Du sagst nichts? Verstehe, die übliche Lorke, wie man sie von diesen Raststätten-Cafés kennt. Darüber muss man nicht reden. Ja, als wir durch Italien fuhren, erinnerst du dich, da haben wir der nächsten Raststätte entgegengefiebert. Wegen dem Cappuccino. Das war was! Keine schwarzgefärbte Brühe, sondern echter Kaffee mit einem wunderbaren Häubchen darauf. Weißt du noch, was wir kurz vor Bari erlebt haben? Da war doch diese Gruppe von SintiFrauen, die ums Auto rumgeschlichen sind. Als wir sie vom Café aus sahen, sagtest du: Mathias, die sind auf unsere Reifen scharf, schnell, schnell, sonst fahren wir auf den Felgen weiter. Damals hatten wir noch den kleinen Mercedes und ich hab gelacht – aber als wir zum Auto zurückkamen, hat tatsächlich ein Reifen gefehlt. Mir ist bis heute schleierhaft, wie sie den so schnell abmontieren konnten. Und dann haben wir die Polizia stradale angerufen. Die waren ja völlig hilflos, wir hätten uns an die Carabinieri halten müssen. Das wussten wir aber nicht. Dann sind wir ins nächste Dorf gelaufen und haben eine Fiat-Werkstatt gefunden. Freundliche Leute, diese Süditaliener. Dieser Werkstattmann hat uns einen Reifen dranmontiert, der war zwei Nummern zu klein. Aber wir konnten trotzdem weiterfahren, im Zuckeltempo eben …

Warst du übrigens auch auf der Toilette? Diese Raststätten-Klos sind ja fast immer grauenhaft, einfach nur grau-

enhaft, mich gruselt es immer, wenn ich da drauf muss. Da kann man nur im Stehen sein Geschäft verrichten. Man muss allerdings zielsicher sein, um die Schüssel zu treffen. Für Frauen nicht ganz leicht, mit Übung aber zu schaffen. Bevor man sich auf längere Autobahntouren begibt, sollte man auf dem heimischen Klo üben. Macht aber kaum jemand, wie man auf den Raststätten-Klos sehen kann. Diese Leute auf den Autobahnen sind auch völlig ungeübt im Stehscheißen. Entschuldige – aber anders kann ich das nicht nennen. Und die Klobetreiber wundern sich auch noch, dass die Leute sich in die Büsche schlagen. Diese Büsche, Bäume und Sträucher rund um die Raststätte sind doch vollkommen verschissen. Da tappt man vorsichtig einen Pfad entlang, der von weißen Papierchen übersät ist, sieht eine freie Stelle und will sich gerade freimachen – wutsch ist man in einen Haufen getreten. Und kann froh sein, wenn der nicht aus jüngster Zeit stammt, sondern schon ein paar Wochen dort liegt. Da ist er gewissermaßen ausgehärtet und zum Dünger geworden. Ich sag dir eines: Wenn man unsere Zivilisation besichtigen will, sollte man zu den Autobahn-Raststätten fahren. Rund um die Raststätten kann man sehen, was von uns übrig bleibt. Und auch das nur kurzfristig

… Hörst du mir eigentlich zu?

G-Monolog

Gesprächig? Gar nicht.

Geborgenheit? Ganz vorbei.

Geschmackvolle Gonversation? Grandioses Gaudium.

Gesellig? Geine Spur.

Gruselt's mich? Gönnte man sagen.

Gurt enger schnallen und gurgeln mit Gurke. Gnn, gnn, gnn.

Eheverschluss

Der Davongefahrene sinniert still vor sich hin:

Diese Stille da hinten. Sie sagt nichts. Ich auch nicht. Im Grunde wunderbar. Eine Wohltat. Vielleicht ist sie eingeschlafen. Sie hat sich extra hinter mich gesetzt. Damit ich sie nicht sehe, und sie nichts sagen muss. Gut so. Wir haben uns sowieso nicht mehr viel zu sagen. Eigentlich gar nichts. Sie hat eingesehen, dass es nichts zu reden gibt. Ich weiß das schon lange. Unsere Gespräche waren ja in letzter Zeit an Zähigkeit nicht zu überbieten. Ist eine Ehe kaputt, wenn man nicht mehr miteinander redet? Wahrscheinlich schon. Fertig, aus, perdu. Aber machen wir uns nichts vor: Irgendwann im Leben kommt der Moment, wo man sich nichts mehr zu sagen hat. Das ist der Lauf der Dinge. Wir sind überhaupt keine Ausnahme. Sprechhemmung gleich Eheverschluss. Das ist ein und dasselbe, da beißt die Maus keinen Faden ab. Ich sage nichts mehr, und sie sagt nichts mehr. Jetzt hallt nur noch das Schweigen durch diesen Wagen.

Psychologisches

Ein Psychologe bei der polizeilichen Befragung:

„Der Mann fiel mir schon an der Kasse beim Zahlen auf. Seine Goldkarte sah verschrammt aus und weigerte sich, in den Geldautomaten zu gleiten, was der geschulte Psychologe als Symptom begreift. Der Bursche unterschrieb die Rechnung, ohne einen Ton zu sagen und verließ mit gesenktem Kopf die Zahlstelle. Draußen zog er sein Smartphone hervor und studierte das Display. Er hoffte auf eine SMS, vermute ich. Dann ging er zu einem Mercedes mittlerer Bauklasse und stieg mit verkniffenem Gesicht ein. Er wirkte ganz so, als plane er Übles. Auf den zweiten Blick konnte man den Eindruck gewinnen, als habe er ein depressives Erlebnis gehabt. Einen Riesenverlust an der Börse vielleicht, wahrscheinlich hat ihm sein Smartphone die letzten Kurse mitgeteilt. Der Mann machte jedenfalls einen ziemlich niedergeschlagenen Eindruck, ist aber entschlossen davongefahren, als könne ihm die Sache nichts anhaben. Vermutlich ist ihm auch die Frau weggelaufen.“

Korrektheiten

Ein Mann mittleren Alters, vermutlich 47 bis 48-einhalb Jahre alt, in einem dunkelblauen Anzug mit weißem Hemd ohne Krawatte, steckte den Zapfrüssel in den Tankstutzen und zog ihn nach anderthalb Minuten wieder heraus. Dabei ging kein Tropfen Benzin verloren, denn der Mann drehte den Zapfrüssel nach Entnahme aus dem Tankstutzen nach oben. Er kann den Tank nur zu einem Viertel gefüllt haben, vermutlich, weil ihm das Benzin an der Autobahn zu teuer ist. Er parkte eng neben der Zapfsäule und musste sich deshalb auf den Fahrersitz seines Mercedes 200 D zwängen, der eine Länge von 4,68 Meter hat. Sein Gesicht zeigte keine Regung dabei. Er fuhr gemäßigt davon, aber kaum hatte er den Tankbereich der Raststätte verlassen, legte er schnell an Fahrt zu, mit wenigstens 55 Stundenkilometern hat er diesen Ort verlassen.

Von oben

Kräh, kräh! Habt ihr das gesehen? Wie schnell der weggefahren ist in seiner kleinen Blechbüchse. Als wär' der Teufel
hinter ihm her. Der hat nicht mal was gegessen. Da bleibt
kein einziger Krümel für uns zurück. Kräh! Keine Rast gemacht, nur eine Frau am Café abgeladen. Und jetzt macht
er nicht mal Station dort. Der fährt glatt weiter. Diese Menschen! Sie haben nie Zeit. Und wenn sie doch welche haben,
sind sie wie wir. Gucken im Müll nach Resten – aber fliegen
können sie trotzdem nicht. Aber seht mal, jetzt kommt die
Frau von vorhin raus! Die hält Ausschau nach ihm. Kräh!
Sieht ihn natürlich nicht. Der ist ja schon weg. Über alle Berge. Wird schon wissen, warum. Kräh, kräh!

Von unten

Mir kam das gleich komisch vor, wuff! Diese Frau kam allein ins Café, und ich lag zu Füßen meines Herrchens, der die Bratwurst mit den Pommes mal wieder ganz allein futterte. Manchmal gibt er mir zum Schluss einen Zipfel ab – als würde mich das zufrieden stimmen. Als Pudel bin ich ja einiges gewöhnt, aber unterwegs noch Kohldampf schieben ist zu viel. Manche Leute denken vielleicht, dass ich kein richtiger Hund bin, weil die Literatur voll von mir ist. Das also ist des Pudels Kern … na ja, Sie kennen das ja. Aber ich kann Ihnen hiermit versichern, dass ich weder ein verkleideter Mephisto noch sonst ein übler Geselle bin, auch wenn ich ein schwarzes Fell habe. Überhaupt halte ich mich für ziemlich normal. Dass ich sprechen kann, gehört auch dazu. Man muss mir nur zuhören, dann versteht man schon, was ich sage. Ich fahre fort in meiner Schilderung. Die Frau blickte sich mit ihrer Tasse Kaffee um, die sie an der Kasse bezahlt hatte und steuerte auf uns zu. Mein Herrchen nickte einladend, und kaum saß sie, kamen die beiden ins Gespräch. Die verstanden sich auf Anhieb richtig gut, so viel kann ich vermelden. Bei dieser Gelegenheit möchte ich einschieben, dass ich doch kein ganz normaler Pudel bin. Ich wache über eine Galerie, die meinem Herrchen gehört und habe da ständige Rundgänge zu absolvieren. Die Diebe lauern heute überall, und sobald einer die Finger krumm macht, schlage ich an. Die beiden am Tisch plauderten heftig, und die

Dame wurde ganz neugierig, nachdem sie erfahren hatte, was mein Herrchen beruflich macht. Ich vermutete sofort eine Malerin in ihr. Nachdem etwa eine halbe Stunde vergangen war, fragte er, ob sie allein da sei. Sie warf ihm einen schmachtenden Blick zu und gestand, dass sie bald abgeholt würde. Dann haben wir ja noch etwas Zeit, sagte mein Herrchen und ging mit ihr und mir zu seinem Auto, das abseits stand. Ich sprang hinten rein, und was ich von vorne für Geräusche hörte, möchte ich lieber nicht wiedergeben und schon gar nicht erzählen – schließlich bin ich ein feiner und wohlerzogener Pudel, der über eine Galerie wacht. Nur so viel: Die Dame wusste, was sie wollte.

Polizeiliche Befragung der Zurückgebliebenen

– Sie sagen also, Ihr Mann sei vor kurzem noch da gewesen?
– Ja, natürlich, er hat mich doch hier vor dem Café abgesetzt.
– Abgesetzt?
– Ich meine … ich wollte einen Kaffee trinken … hier im Raststätten-Café.
– Und er nicht?
– Nein, er nicht!
– Aha …
– Was heißt denn hier Aha?
– Wir müssen uns einen Eindruck von dem Fall verschaffen. Deshalb Aha.
– Ein Fall? Wieso ein Fall?
– Na ja, Ihr Mann war da, und jetzt ist er nicht mehr da. Das Auto ist auch verschwunden?
– Genau. Das macht mir ja Sorgen.
– Aber man verschwindet doch nicht einfach so?
– Das meine ich doch! Man verschwindet nicht einfach von der Bildfläche.
– Gab es vielleicht eine Auseinandersetzung zwischen Ihnen?
– Nein, überhaupt nicht! Worauf wollen Sie hinaus?
– Ich will auf überhaupt nichts hinaus …

– Mein Mann ist verschwunden, und Sie stehen hier rum und fragen mir Löcher in den Bauch!

– Sie müssen verstehen, aber ich muss mir erstmal ein Bild machen …

– Ein Bild, ein Bild! Der Mann ist weg, die Frau steht rum – das ist das Bild.

– Der Mann ist weg, das Auto auch … ja, ja.

– Ihre lauten Überlegungen gefallen mir nicht. Mein Mann und ich, wir sind ein Herz und eine … ach, ich muss Ihnen doch nicht unsere Ehe erklären.

– Da haben Sie auch wieder recht … wir können im Moment eigentlich nur …

– Mein Mann ist entführt worden! Gekidnappt, verstehen Sie!

– Wie kommen Sie darauf?

– Was soll es denn sonst sein! Glauben Sie etwa, mein Mann ist mir weggelaufen?

– Natürlich nicht … aber bei Entführungen sind Sie bei mir … also wie soll ich sagen … verkehrt.

– Verkehrt? Muss ich jetzt von Pontius zu Pilatus laufen, wenn es um Entführung und Totschlag geht!

– Wieso Totschlag?

– Hören Sie, Herr Inspektor, ich mache mir Sorgen, große Sorgen, wenn jemand entführt wird, da ist der Totschlag nahe.

– Verstehe, aber ich bin kein Inspektor ... wieso eigentlich entführt?

– Er arbeitet bei einer Bank. Als Anlageberater.

– Ah, jetzt verstehe ich. Das hätten Sie gleich sagen sollen. Ja, da will ich mir mal das Autokennzeichen notieren und eine Personenbeschreibung durchgeben. Für die Fahndung.

– Mein Mann ist 47, einen Meter achtzig groß, dunkelblond und trägt einen dunkelblauen Anzug.

Der Polizist geht zu seinem Wagen und spricht mit der Zentrale: „... der verschwundene Mann war übrigens Bankberater, ist vermutlich entführt worden, ihr könnt euch ruhig Zeit lassen."

Der Davongefahrene sortiert sich

Das hätte ich nicht gedacht ... irgendjemand muss was bemerkt haben. In der Mainzer Filiale arbeiten eigentlich nur Luschis. Da muss einer 'ne Sternstunde gehabt haben. Ein Glück, dass mir Sebastian die SMS geschickt hat. Gut, ich weiß jetzt Bescheid ... Eine Bank lässt sich ungern bescheißen. Und am wenigsten vom eigenen Angestellten. Dabei haben sie es verdient. Wenn ich aussage, wie oft die ihre Kunden ... Aber meine Methode war viel intelligenter ... eigentlich konnte man da nichts bemerken. Und die Geldsäcke, die bei uns anlegen, konnte ich noch immer in Sicherheit wiegen. Die lassen sich viel aufschwatzen, wenn sie die Kasse klingeln hören ... Ich muss weg, in meine Frankfurter Wohnung, der Flughafen ist nahe dran. Auf jeden Fall sollte ich Gas geben ... dabei, wenn ich's mir genau überlege ... wie soll man mir was nachweisen? Da müssten mich schon einige Kunden verklagen ... aber die Bank selbst wird mir jemanden hinterherschicken, vielleicht ist schon einer auf meinen Fersen ... vorhin beim Bezahlen hat schon einer meine Goldkarte gemustert, als wär' sie getürkt ...

Ein Märchen

Es fuhr einmal ein Mann namens Mathias mit seiner Frau Rita auf der Autobahn entlang. Der Tag war sonnig und schön, der Motor stotterte nicht, und kein böses Wort trübte das Glück der beiden. Das lag allerdings daran, dass sie wenig miteinander sprachen. Rita und Mathias sahen auf die Fahrbahn und in die schöne Natur hinaus, die nur hin und wieder von einem Unfall verunziert wurde. Und öffnete Rita ein wenig ihr Fenster, so hörte sie die Vögel draußen zwitschern, das waren Zugvögel, die sie auf ihrer Fahrt begleiteten. Diese Vögelchen, sagte Rita nachdenklich, zwitschern nur schön, aber braten und essen kann man sie nicht. Nach einer Weile innigen und stummen Beieinanderseins fragte Mathias seine Rita, ob er ihr vielleicht etwas vorlesen könne, er habe einen wunderbaren Prospekt über neue Finanzprodukte mitgenommen, der erkläre einem Fachmann wie ihm genau, wie man die gierigen Kunden hinters Licht führe. Doch Rita machte ihn darauf aufmerksam, dass das Auto beim Vorlesen von der Fahrbahn abkommen könne, sie sich überschlagen würden und mit gebrochenen Hälsen und Gliedern auf der Weide zu stehen kämen. Das würde doch die guten Vögelchen und braven Kühen arg erschrecken. So fuhren die beiden Glücklichen, ohne sich vorzulesen, weiter, und erst als am Horizont eine Raststätte sichtbar wurde, fragte Mathias seine Rita, ob sie nicht Lust auf eine Tässlein Kaffee und ein Stücklein Kuchen habe. Rita nickte, und das war für Mathias das Signal, zur Raststätte abzufahren und sie am Café abzusetzen. Er wolle derweil das Auto betanken, sie danach abholen, damit sie ihre Fahrt gen Stuttgart fortsetzen könnten, denn sein guter alter Erbonkel erwarte sie bereits – und einen Erbonkel soll man nicht warten lassen. So stieg Rita aus, und Mathias fuhr ein Stücklein weiter zu den Zapfsäulen.

Mathias hatte es eilig mit dem Tanken, und das Bezahlen konnte gar nicht schnell genug gehen, ja, er warf einige unruhige Blicke zu dem nahe liegenden Café, in dem Rita verschwunden war. Er wusste genau, dass er sich beeilen musste, er konnte ihr nur entkommen, wenn er schnell war. Denn Rita hatte sich nur als Ehefrau verkleidet, in Wirklichkeit war sie eine Hexe, die schon einige Male versucht hatte, ihn in den Bratofen zu stecken. Sie wollte ihn wahrhaftig verspeisen, und ein kleiner Finger fehlte ihm bereits. In einer Nacht war er ihm abhanden gekommen, und Mathias wusste genau, wo er abgeblieben war. Denn beim Frühstückstisch sah er, wie Rita an einem länglichen Gegenstand herumkaute und ihn schließlich als zu klein befand und ausspuckte und zur Mülltonne nach draußen trug.

Als er im Auto saß, warf er ängstliche Blicke zum Café und gab dann schnell Gas. Kaum fädelte er sich auf der Autobahn ein, erschien Rita an der Tür zum Café. Sie erfasste die Situation mit einem Blick und murmelte erbost einen

Zauberspruch: Mathias solle sich in einen Frosch verwandeln! Nach einem kurzen Moment korrigierte sie sich jedoch, ihr war eingefallen, dass gebratene Frösche ihr überhaupt nicht schmeckten. Deshalb wandelte sie den Zauberspruch ab: Die Polizei solle Mathias herauswinken und als Terroristen festnehmen, schließlich arbeite er ja bei einer Bank.

Ohne Worte

‗‗‗‗‗‗
- -
! !

– – – – – – – – – – – – – –
& & & !
……... ‾ …
$ $ $
! ! ! !
- - - - - - - - - - - - -

– – – – ‗‗‗‗‗‗‗‗‗‗‗‗‗‗‗‗
? ? - ! ! !
% % %
€ € € € € !!!

Im Slang der Zeit

Der Alte ist abgedüst, sag ich euch, der war echt geil drauf. Das war ätzend, der wusste, was Sache ist. Ich hab noch gesehn, wie er seine Schnecke auf nen Hocker abgeschoben hat, aber luftigduftig, da war von massig Sex null Spur, die hatte en touch von Biolin, so ne Ökopax-Tussi, en glatter Minustyp, das kann ich euch bürsten. Bei der hätt ich auch die Fliege gemacht, mit so ner Hurra-Tüte hat man null Bock auf nix, da stehste tagelang im Wald und hast zum Schluss en Ei auf'm Kopp. Der zu verticken, worum's hier geht – bringt nur bad vibrations. Das wär, als wollt man ner toten Hose erklären, dass sie tot ist. Die war nicht nur tot, die war tilt, die Kugel lief bei der eckig. Das hat die nicht geschnallt. Aber der Schniegel-Poppi hat's echt drauf gehabt. Wegdüsen, nur wegdüsen ist da die Devise. Wir hätten der Sumpfralle vielleicht die Pfanne heiß machen können – aber ich sag euch, das wär teuflische Maloche gewesen und zum Schluss hätt uns die Panik überholt.

Fußballfans unter sich

Fan 1: ... der Mann hat's eilisch gehabt, dess wolle mir doch mal festhalte, gell. Der war uffem Wech zu Eintracht Frankfurt. Ich mein jedenfalls, ich hätt so was von em gehört beim Bezahle. Ins Waldstadion wollt der! Iss doch klar, dass der schnell fort wollt. Ich hab en noch uffgeklärt, dass dess inzwische anners heißt. Commerzbank-Arena hat der net gewusst. Der war offenbar schon lang net mehr bei de Eintracht. Ei, wie ich immer sach: Was lange währt, wird endlich gut. So wie unser Eintracht widder bald obbe mitspielt, gell!

Fan 2: Eintracht? Dass ich net lach. Der wollt' zu Mainz 05, dess iss doch viel wahrscheinlischer! Der wollt dahin, wo Spielkultur iss.

Fan 3: Aber vielleicht wollte er auch auf den Bieberer Berg.

Fan 1: Was redde Sie dann da? Nach Offebach zu de Kickers? Dess iss doch abwegig. Dess iss völlig abwegig!

Fan 3: Die Kickers kommen wieder. Und es ist doch absolut möglich, dass er zum Spiel eines Rivalen wollte.

Fan 1: Rivale? Offebach iss doch kein Rivale. Dess iss en Zwerch, en Pygmäe, net mehr. Die Kickers mache in de unnere Regione rum. Zu dene will keiner.

Fan 3: Man kann nie wissen.

Fan 2: Doch! So was weiß mer. So was muss mer einfach
wisse! So jemand, der so schnell wegfährt, kann nur
zu einem Verein wolle. Zu Mainz 05!

Auf Schwäbisch

So wasch – also wer so wasch erlebt, dasch der Mann oifach
fortfährt – der kann sich net mit Häusle baue behelfe, so
wasch kann zur psychische Belaschtung führe, vor allem für
uns Fraue. Do müsset Sie a hypnotische Rückführung mache, verstehe Sie? Da hilft nix. Was desch iss? Ei, da erlebe
Sie alles noch emal. Sie meine, desch wär überflüssig? Bitte
schön, no bleibt ebe alles wie's isch. Koiner zwingt Sie.

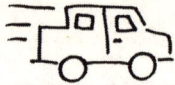

Berliner Einwände

Ick habe nischt jesehn! – Ja, da iss eener wegjefahrn. Ob mit oder ohne Frau, det hat mich nich interessiert. Sie könn' mir jlooben, Frauen machen jeden Tag die Flatter. – Ach, umjekehrt! Sowas gibt's ooch? Na, warum nich. Manchmal trauen sich Männer noch was. Von wejen Ehre. Sollte eijentlich öfter passiern, wa? Wenn ick die Sache recht bedenke – ne mutige Tat! Iss halt die Fraje, wie schnell se ihn wieder einholt.

Polizeifunk

Erste Durchsage: Wir suchen den Fahrer eines schwarzen Mercedes 250 D. Der Mann heißt Mathias Metzger, ist Bankangestellter, 47 Jahre alt, trägt einen blauen Anzug. Seine Frau glaubt, dass er entführt wurde.

Zweite Durchsage: Gesucht wird ein schwarzer Mercedes 200. Der Fahrer des Wagens ist 47 und Metzger von Beruf. Angeblich ist er entführt worden. Alle Schlachthöfe zwischen Heidelberg und Stuttgart überprüfen!

Dritte Durchsage: Gesucht wird ein 47-jähriger Metzger. Name Mathias Fleischer. Wie es heißt, ist er von der Wurst-Mafia entführt worden. Der Mann macht auf seriös. Trägt grauen Anzug statt Kittelschürze und wurde kurz zuvor in einer Bank gesehen.

Vierte Durchsage: Ein 74-jähriger Metzger ist in einem schwarzen Mercedes verschwunden. Der Mann hat eine Bank überfallen und ist mit einer viel jüngeren Frau getürmt, die er dann an der Raststätte Heidelberg zurückgelassen hat. Das Diebsgut befindet sich vermutlich im Wagen. Vorsicht! Gefährliche Person! Bei Zuwiderhandlung Schusswaffengebrauch!

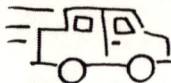

Der Intellektuelle analysiert

Hier handelt es sich um einen Vorfall von äußerster Nuanciertheit. Ein Mann in mittleren Jahren steigt aus seinem Wagen, bringt eine Frau, die durchaus die Seine sein könnte, in das Café, um dann wieder in den Wagen einzusteigen und zur nahe gelegenen Tankstelle zu fahren. Solche Vorkommnisse kennt jeder, der wenigstens Niklas Luhmann und Jürgen Habermas gelesen hat. Betrachten wir diesen Vorgang differenziert, so können wir mehrere Optionen für das Handeln des Mannes entdecken, die allesamt zu hinterfragen sind. Wollte er die Frau absetzen, um beim Tankvorgang mit sich allein zu sein? Löste er beim Blick auf den Zapfhahn ein konkretes Problem seiner Existenz? Oder besaß er einen Tankgutschein, den die Frau nicht sehen durfte? Hatte er die Absicht, ohne ihre Anwesenheit zu telefonieren? Und wenn ja, mit wem? Zu reflektieren wäre weiterhin sein übereilter Aufbruch von der Raststätte. Gab das heimliche Telefonat den Ausschlag dafür? Welche Botschaft hat er erhalten, und welches Element daraus war für seinen Entschluss, die Frau zurückzulassen, entscheidend? Nur indem wir die Spanne seines Denkens abschreiten, werden wir zu einer befriedigenden Erklärung des Falles kommen, einer Erklärung, die vermutlich weit hinausreicht über diesen individuellen Fall und uns einiges über den Zustand der zeitgenössischen Gesellschaft in Mitteleuropa erklärt.

Ein Homöopath spricht

Nur von der konstitutionellen Beschaffenheit des Menschen können wir dieses betrübliche Ereignis darstellen. Die Handlung selbst tritt lediglich als Symptom auf – so wie die Krätze eine Reaktion der Haut auf seelische Blockaden ist. Ich vermute, dass der Mann einen Kropf besitzt. Er ist weggefahren, gewiss, er hat seine Frau zurückgelassen, schon richtig, doch was hat ihn dazu getrieben? Auf keinen Fall der Kropf – auch er ist nur ein Symptom. Doch alles, was sich verkrustet, anklammert und erstarrt wie der Kropf und die Krebsgeschwulst, muss gelöst werden im Seelischen und Geistigen. Die Starre selbst ist ja ein Zeichen des Unlebendigen, des Leichnams, des Grabes. Und diese Starre gilt es zu überwinden. Schon hier und jetzt und ohne den Patienten in Augenschein genommen zu haben, möchte ich von einer Enttäuschungsdepression sprechen. Die Enttäuschung führt zur Verkümmerung, der Verkümmerte verharrt lange im Zustand des Gekränktseins, und die Begleiterscheinungen sind durchweg Verstopfung, Abmagerung und eben auch der Kropf. Gewebe und Seele sind ausgetrocknet, haben Knoten und Narben hinterlassen – schon naht der Diabetes. Schicken Sie mir sowohl den Mann wie die zurückgelassene Frau in meine Praxis. Ich möchte beiden eine Gabe Medorrhinum in einer M-Hochpotenz verabreichen. Sie wird die Erstarrung des Miteinanders hinwegfegen und das Kümmerliche dieses Daseins auflösen.

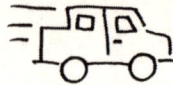

Rückwärts

Raus winkten wir den Mann kurz vor Stuttgart. Reagierte aber nicht und fuhr weiter. Hinterherfahren und ihn stoppen mussten wir ihn. Unterwegs war er mit hohem Tempo, als sei er auf der Flucht. Nicht vermisst hat er seine Frau. Nicht bemerkt hat er überhaupt, dass sie nicht im Auto saß. Aufgebracht war er durch die Verzögerung. Stimme etwas nicht mit dem Auto?, wollte er wissen. Nicht glauben wollte er, dass seine Frau an der Heidelberger Raststätte auf ihn warte. Eben noch gesprochen habe sie mit ihm. In den Ohren klinge ihm ihre Stimme. Hinters Steuer setzte er sich nachdenklich. Von Mainz sei er gekommen. Einen Nervenarzt müsse er vielleicht mal aufsuchen.

Die enttäuschten Entführer

– Siehst du den schwarzen Mercedes vor uns? Das ist der Bursche. Seine Frau ist dabei. Wie ich prophezeit habe!

– Jetzt müssten die nur noch abfahren. Ruhiger Platz wär' ideal.

– Du sagst es. An 'ner Raststätte kommen wir gut an die ran.

– Und es stimmt, was du rausgefunden hast?

– Na klar, ich bin Profi. Ich hab den schon lang im Visier. Der stinkt vor Geld. Und bringt seiner Frau sogar Blumen mit.

– Die Frau schnappen wir uns! Und er wird blechen.

– Ruhig Blut. Es kommt auf den richtigen Moment an.

– Jetzt fährt er ab!

– Raststätte Heidelberg. Sehr gut. Hier können wir zuschlagen.

– Er fährt zum Café. Schön langsam hinterher. Halt Abstand!

– Komisch, die Frau geht allein rein. Und er … er fährt zurück zur Tankstelle.

– Der tankt und wird sie abholen. Nimm den Finger aus'm Arsch und zieh Leine! Du bringst die Frau unter einem Vorwand hierher.

– Aber was soll ich sagen?

– Sag, wir sind Griechen und auf der Flucht.

– Wegen der Steuern?

– Ja, natürlich. Kannst ja noch sagen, dass wir Geld brau-
chen. Hau jetzt ab, Blödmann!
– Ich geh dann jetzt ...
– Du sitzt ja immer noch hier?
– Guck doch mal. Ihr Mann steigt da vorne ein und fährt
weg. Jetzt gibt er sogar Gas. Der hat's eilig.
– Der macht die Flatter!
– Dabei kann der doch von uns garnix wissen.
– Der macht die Rechnung ohne uns, dieser Saukerl!
– Meinste, die Entführung bringt jetzt nix mehr?
– Du Einstein. Du hast's kapiert. Der ist weg. Ohne Frau!
Der will sie selbst loswerden.
– Und ich hatte mich so auf die Kohle gefreut.

Von der Kanzel

Liebe Gemeinde! Wir alle kennen die biblische Hiobs-Geschichte und stehen immer wieder erschüttert und gerührt
vor ihr. Gott hat gegeben, Gott hat genommen. Und Gott
hat wieder gegeben. Es ist eine Geschichte, die sich vor
mehr als dreitausend Jahren zugetragen hat, aber wir sollten
nicht denken, dass sie damit der Vergangenheit angehört.
Die Geschichte des Hiob ragt bis in unsere Gegenwart, sie
tritt uns neu und strahlend entgegen, wenn auch in etwas
anderer Gestalt, ja vielleicht erkennen sie manche unter uns
gar nicht in dieser veränderten Gestalt. Das wäre ein Ver-
säumnis!

In unseren Tagen verliert ein Mann auf der Autobahn sein
Gedächtnis. Es ist ein Mensch, der Tag für Tag mit Geld zu
tun hat, und wir ahnen schon den Zusammenhang, ja das
Bildnis, das uns hier gegeben wird. Der Mammon hat ihn
blind gemacht für die wahren Schätze des Lebens. Er vergisst seine geliebte Frau, die ohne ihn hilflos an der Raststätte zurückbleibt. Ihr Mann, der Bankmensch, fährt weiter
und weiter, als hätten ihn alle guten Geister verlassen. Oder
sollten wir nicht richtiger sagen: Der Heilige Geist hat ihn
verlassen! Doch was geschieht? Seine geliebte Frau hat ihn
nicht vergessen! Und sie ist nur scheinbar hilflos. Denn sie
ist es, die in einem Stoßgebet den Himmel anfleht, ihr den
Mann wiederzugeben und ihm sein Gedächtnis aufs Neue
zu schenken. Hier tritt uns ein Gleichnis von besonderer

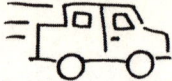

Kraft entgegen, ein Gleichnis, das unsere Zeit und unser gehetztes Leben in ein prägnantes Bild fasst, das uns zu denken geben sollte. Liebe Gemeinde, die Hiobs-Geschichte, hier tritt sie uns in der Gegenwart entgegen. Neu und strahlend!

Träumerisches

Mir war ganz so, als könne ich fliegen. Ich breitete die Arme aus und wollte mich in die Luft erheben, als ich sah, wie sich meine Frau ins Café entfernte. Ganz ohne mich schwebte sie davon wie auf einer Wolke. Nun gut, dachte ich, sie kann es auch, sie kann auch im Traum fliegen – als ein langer Schlauch sich mir entgegenrollte. Es war ein Benzinschlauch, der mich gemahnte, mein Auto zu betanken. So wird man in die harte Realität zurückgerufen. Ich ließ einige Literchen fließen, bis ich den Gestank dieser üblen Flüssigkeit nicht mehr ertragen konnte. Jetzt wollte ich endlich davonfliegen, meinem wahren Wesen gemäß, und ich breitete abermals meine Arme aus. Doch hinter mir erklang ein Hupen, ein aggressives Hupen, das mir wohl andeuten wollte, ich solle davonfahren. Wie unter Zwang schwebte ich auf den Fahrersitz und wollte davonrollen. Doch das Auto erhob sich in die Luft, es war zu einem Flugmobil geworden … Doch erst, als ich weit oben war, wachte ich aus meinem Traum auf. Es war ein hartes Erwachen, so viel kann ich Ihnen verraten.

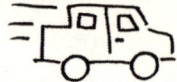

Tot bleibt tot

Ich war schon wieder auf der Autobahn, und mir fiel plötzlich auf, dass Rita nicht mehr bei mir war. Irgendwie seltsam. Hatte sie sich aus dem Auto katapultiert? War mir da etwas entgangen? Ich muss einen Blackout gehabt haben. Plötzlich gab es einen heftigen Knall. Ich verlor das Bewusstsein – und erwachte erst wieder, als ein Gesicht am Seitenfenster auftauchte. In flimmernden Umrissen erkannte ich einen schwarz gekleideten Mann, der mit ruhiger Stimme sagte: „Der ist tot." Ich hob die Hand, um anzudeuten, dass hier eine Fehldiagnose vorlag, doch der Schwarzgekleidete teilte mit: „Seien Sie doch vernünftig. Tot bleibt tot. Sie bleiben erst mal in Ihrem Blechsarg, bis ich Sie dann in den richtigen umbette."

Roman-Ankündigung

Raus aus der Tretmühle! Wenigstens für einen Kurzurlaub. Das ist die Devise von Mathias Metzger, einem geplagten Bankmanager. Er fühlt sich ausgebrannt, muss ausspannen, doch seine Frau, die ihn eben noch verlassen wollte, hat es sich anders überlegt. Sie springt kurzentschlossen zu ihm ins Auto und will ihn unbedingt begleiten. Mathias Metzger ist verzweifelt, nach Südtirol soll seine Reise gehen, dort will er sich erholen. Doch schon bei Heidelberg passiert das erste Malheur: Seine Frau Rita sitzt plötzlich nicht mehr im Auto, ist spurlos verschwunden. Doch dabei bleibt es nicht, und obwohl Mathias die Einsamkeit sucht und dem Himmel dankt für das Verschwinden seiner Frau, stoppt ihn die Polizei vor Stuttgart und führt ihm Rita wieder zu. Hier jagt eine Katastrophe die nächste! Unser Held weiß bald nicht mehr ein noch aus, seine Reise in den Süden entwickelt sich zu einem einzigen grotesken Hindernislauf.

Der neue Roman von Lothar Schöne erzählt mit dem ihm eigenen Humor und Witz von einer ungewöhnlichen Reise – ein tempogeladenes Roadmovie voller Kraft und Saft für alle Zeitgenossen, die es am heimischen Herd nicht mehr aushalten.

Ein anderer Ehemann

Armer Kerl. Hat alles gut geplant. Wahrscheinlich seine Bibliothek durchforstet nach ähnlichen Fällen. Polizeiberichte studiert. Schnellen Wagen besorgt. Sich eben gut vorbereitet. Hat nach Vollkommenheit gestrebt. Nach Perfektion. Wollte abtauchen. Auf Nimmerwiedersehen verschwinden. Und was ist dabei rausgekommen? Ich sag's euch in zwei Worten: reine Scheiße.

Regieanweisungen

Also, Till, du fährst ganz gemächlich an die Tankstelle. Keine Eile, keine Hast. Man soll dir nichts anmerken … Ja, ja, wir haben abgesperrt. Hinter dir ein Auto, nebendran auch zwei. Du tankst ganz normal. Das nehmen wir in der Totale und schneiden's dann auf kurz. Aber wenn du den Tankrüssel rausziehst, gehen wir auf Halbtotale. Dann Nahaufnahme von deinem Gesicht. Du guckst so, als würd' dir was einfallen. Ich weiß, ich weiß, das passiert dir nicht oft, aber hier muss es sein. Du hältst inne! – Probier mal. – Gut so. Genau so. Ich liebe es, mit Profis zu arbeiten. Die können auf nachdenklich machen, wenn nicht mal der Furz eines Gedankens durch ihr Hirn weht.

Dann gehst du zielstrebig ins Häuschen zum Bezahlen. Das filmen wir hinterher. Wenn du rauskommst, muss sich auf deinem Gesicht was abspielen. So was wie Panik. Dir ist noch was eingefallen, was Schlimmes, was Übles. Denk dran, du spielst einen Banker. Vielleicht sind der Bank gerade paar Millionen abhanden gekommen. Du bist der Zocker, du bist schuld …

Bringt nix? – Haste eigentlich recht. Nicht die Bank hat Verluste gemacht, das sind ja sowieso nur Peanuts für die. Kriegt sie ersetzt vom Steuerzahler. Nee, dir, dir persönlich sind paar Millionen durch die Lappen gegangen! Jetzt haben wir's. Sehr gut, mein Lieber. Und das wollen wir auf deinem Gesicht sehen, wenn du abrauschst. Alles klar?

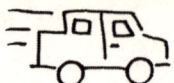

À la Hamlet

O schmölze doch dies allzu feste Blech
Zuschanden geh und lös dich auf in Rost!
Wie schal und flach erscheint mir dies Gefährt
Ja, das Gebraus der ganzen Welt
Ist doch nichts andres als eine immerwährende Fahrt
Zu den Totenaugen der Höll'!
Habt, Götter, mir schon einen Platz reserviert
In jener grausen Unterwelt?
Wo keinen Himmel, keine Erd' ich seh
Wo mit Schädeln ich spielen kann
Die Finger in die Augenhöhlen leg ich und lach!
Hier- oder Dortsein, das ist nicht die Frage
Denn ich, die Frau doch liebend
Vergaß sie an dem Rastplatz, wo sie meiner harrt
So wollen wir doch hoffen und inständig glauben
Doch nie vergessen, dass des Weibes Name Schwachheit ist

Selektive Wahrnehmung

Das hintere rechte Rad des schwarzen Mercedes an der Raststätten-Tankstelle hatte zu wenig Luft, es müssen wenigstens 0,3 atü gewesen sein. Natürlich wirkt sich so etwas störend auf den Fahrbetrieb aus. Außerdem hatte der linke Außenspiegel einen kleinen Sprung, was ungewöhnlich ist, da Außenspiegel besonders robust sind. Das Abblendlicht war eingeschaltet, der Wagen besaß eine H7-Lampe, nicht die alte H4-Lampe. An den Mann selbst erinnere ich mich nicht, aber er trug braune Halbschuhe. Und das zu einem dunkelblauen Anzug! Völlig unmöglich diese Farbkombination. Ich habe eine diesbezügliche Erläuterung ihm gegenüber unterdrückt. In der Ferne sah ich eine Frau mit grünem Schal. Sie konnte dreißig sein oder auch fünfzig. Sie nestelte an dem Schal herum, als wollte sie mit ihm winken, unterließ es aber dann. Ein grüner Schal ist auch denkbar ungünstig, um auf sich aufmerksam zu machen. Denn Grün ist die Farbe der Natur, auch ein Gesträuch am Wegesrand könnte im Wind so winken.

High Noon

Es war um die Mittagsstunde, und die Hitze wurde allmählich unerträglich. Die Luft flirrte, und in der Ferne sah man eine Gestalt im Laden des Sargmachers verschwinden. War es Lovely Rita oder Bloody Mary? Keiner vermochte das zu sagen, denn alle Blicke waren auf den Gentleman gerichtet, dessen schwarzer Anzug von Staub verkrustet war. Er ging mit entschlossenem Schritt auf den Saloon zu, und jeder wusste, dass er dort nicht nach einem Chewinggum fragen wollte. Seine kantige Miene drückte Energie und Willensstärke aus, und keiner zweifelte auch nur einen Augenblick an seiner wahren Absicht. Endlich kam einer, der Ordnung in diesen Rastplatz brachte. Er, nur er, würde Klartext reden und den Ölmultis eine deutliche Botschaft zukommen lassen: Eine weitere Preiserhöhung, und euer Untergang ist beschlossene Sache!

Der Hypochonder

Es ist höchst gefährlich, die benzingeschwängerte Luft an einer Tankstelle einzuatmen. Medizinische Untersuchungen neuerer Zeit haben gezeigt, dass das Krebsrisiko dadurch erheblich ansteigt. Doch viele Autofahrer erkennen nicht die tödlichen Gefahren, die an einer Tankstelle lauern. Wie zum Beispiel jener Mann an der Raststätte, der sogar den Zapfhahn in der Hand behielt und in aller Ruhe zusah, wie das Benzin in den Tank floss. Weiß er denn nicht, welche Dämpfe da aufsteigen? Hat er keine Ahnung, wie seine Nasenscheidewand angegriffen wird? Macht er sich keine Vorstellung davon, wie die verpestete Luft in die Lungen eindringt und sie quält? Schlimm ist auch, dass er sich keine Plastikhandschuhe überstreifte. Bereits in dem Moment, wo ich meinen Ausstieg aus dem Auto plane, geht mein Griff zu den Überziehern. Und wenn ich die Zapfpistole aus der Halterung löse, dann natürlich nur mit korrekt anliegenden Handschuhen, die an den Gelenken geschlossen sein müssen. All das war dem Mann aus dem schwarzen Mercedes offenbar fremd. Gesundheitlich gesehen, sind solche Menschen eigentlich schon tot, und betrüblich ist, dass sie das nicht einmal wissen. Ja, vermutlich zünden sie sich im Auto nach dem Tankvorgang gleich eine Zigarette an, weil sie denken: Doppelt tot hält besser. Und seine zurückgelassene Frau ist vermutlich auch längst tot, weil sie mitrauchen musste. Sonst kann ich zu dem Vorfall nichts sagen.

Auf den Spuren Henry Millers

Mir juckte das Fell, und ich hatte bereits einen meiner ausdauernden unermüdlichen Ständer, der jede Frau verrückt macht. Nur meine nicht. Bis heute weiß ich nicht, was mit ihr los ist. Vor dem Rastplatz-Café versuchte ich es noch einmal. Mein Kopf wanderte von ihrem Gesicht nach unten, ich leckte ihre Brüste unter dem Stoff, aber das zeigte bei ihr keine Wirkung. Also ging ich noch tiefer und versuchte, ihren Rock nach oben zu ziehen, bis ich merkte, dass sie eine lange Hose mit mehreren Reißverschlüssen trug. Das konnte nur Absicht sein. Hosen sind generell Liebestöter – was aber nicht für mich gilt. Mein Pint wurde augenblicklich noch steifer, denn er sah ihre Hosenträgerei als Herausforderung an. Eine Hose muss kein unüberwindliches Hindernis sein, mein Hammerharter würde sie durchstoßen und in Ritas Möse hineingleiten. In dem Moment schüttelte sie mich ab, öffnete die Wagentür und entschwand nach draußen. Sie wackelte einladend mit dem Arsch, und ich wollte im ersten Moment hinterher, aber mein Pint stand so weit ab, wie es die Polizei nicht erlaubt. Also gab ich Gas. Schnell tanken und dann nach Stuttgart zu Trude, die mich und meinen Ständer garantiert schon erwartete.

Es lebe Karl May

Seit dem späten Vormittag hatte ich schon eine tüchtige Wegstrecke zurückgelegt. Allmählich fühlte ich mich ermüdet und die Squaw hinter mir gähnte unverhohlen. Die Prärie dehnte sich, doch Wald oder Buschwerk gab es hier nicht, nur einen langgezogenen Streifen, den man Straße nennen konnte. In der Ferne tauchte ein Rastplatz auf, wohl eine knappe Meile* entfernt. Ein Rastplatz, auf dem es hoffentlich Wasser gab. Gute Gründe veranlassten mich, vorsichtig zu sein. Schließlich war ich aus einer Runde von Männern in Mainz aufgebrochen, die mir unverhohlen ihr Misstrauen gezeigt hatten. Es konnte durchaus sein, dass mir ihre Freunde auf dem Rastplatz auflauerten. Das Geld trug ich zwar nicht mehr bei mir, ich hatte es an sicherer Stelle vergraben. Und die Squaw hinter mir kannte den Ort nicht. Aber ich musste die Augen offen halten, ein Schläfchen auf dem Rastplatz war unmöglich, wenn ich nicht Gefahr laufen wollte, ohne Skalp in die Ewigen Jagdgründe einzugehen. Schließlich hatte ich mich mit dem grausamsten Stamm der Bankerania angelegt, und einer von meinen Freunden lief schon ziemlich entstellt herum: Man hatte ihm die Ohren abgeschnitten. Ich musste vor allem die Squaw schützen, schließlich bin ich ein edler Weißer und kein Abschaum wie diese Bankerania-Bande in Mainz. Mein Blick fiel auf mei-

---

* engl. Meile = 1,609 km

nen Bärentöter, und ich lächelte zufrieden. Doch manchmal ist, wie meine Leser wissen, auch die schnelle Flucht eine wirksame Möglichkeit, den Gegner schachmatt zu setzen. Also setzte ich die ahnungslose Squaw auf dem Rastplatz ab und suchte allein das Weite.

Ungenauigkeiten

Der Mann trug einen schwarzen Anzug – ja eventuell. Es könnte aber auch ein dunkler Regenmantel gewesen sein. Und er ist in einen dunklen Wagen eingestiegen, vielleicht war er dunkelgrün, vielleicht auch dunkelblau. Schwarz ist auch denkbar. Möglicherweise war es ein Volkswagen Golf, vielleicht aber auch ein japanisches Modell. Ein Toyota oder Kiota? Ich kenne mich mit Autos aus. Es könnte aber auch ein Fiat gewesen sein. Irgend so ein Fiat, der nicht anspringt. Sie wissen ja: Fiat – Fehler in allen Teilen. Ja, das hört man auf dem Stiefel nicht gern, aber ist es deshalb verkehrt? Ziemlich sicher bin ich mir, dass der Mann an einer Zapfsäule herumgefummelt hat. Oder hat er seinen Regenmantel ausgezogen? Vermutlich hat er getankt, wahrscheinlich Diesel. Warum? Dieselfahrern sehe ich an, dass sie Diesel tanken. Na ja, manchmal täuscht man sich. Eventuell war es auch ein Erdgasfahrer. Der Mann hatte jedenfalls was Behäbiges, mir kam es so vor, als habe er viel Zeit. Und bis jetzt verstehe ich nicht, warum er so schnell davongefahren ist. Aber vielleicht kam es mir auch nur schnell vor.

Der alte Major

Donnerwetter, erstaunliches Vorkommnis! Gestatten, von Zitzewitz mein Name. Hier haben wir es mit einer außergewöhnlichen Angelegenheit zu tun. Kolossale Sache. Mann verschwindet Hals über Kopf. Ohne jedes Abschiedswort. Kein Zweifel, dass hier ein Notfall vorlag. Oder sagen wir besser, ein scheinbarer Notfall. Der Mann hat die Front verlassen, will sagen den Rastplatz, weil es in seiner subjektiven Sicht keine andere Lösung gab. Das jedoch ist eine Untersuchung wert. Gab es wirklich keinen Ausweg? Es gibt immer Auswege, auch aus den vertracktesten Situationen. Man muss sich nur zu helfen wissen. Genau daran haperte es hier. War auch der Feind, will sagen seine Frau, eine Hyäne – man überlässt ihr nicht kampflos das Feld! Auch Hyänen sind besiegbar. Dazu wurde jedoch nicht einmal der Versuch gemacht. Alles in allem, Herrschaften: Klarer Fall von Fahnenflucht!

Ein Mensch

Ein Mensch bemerkt mitunter voller Gram
Dass ihn bedrückt der ganze Kram
Von morgens früh bis abends spät geschäftig
Sitzt er im Auto jetzt ganz löchrig
Es meckert die Frau von nebendran
Ob er noch sei der wahre Geldmann
Man fahre schon in einem kümmerlichen Wagen
Der nicht mal Lichter hat aus Halogen
Und überhaupt, er sehe aus wie eine graue Maus
Da fehle ganz der Saus und Braus!
Der Mensch, es ist ein Mann, ganz ehrlich
Er weint nach innen bitterlich
Und sinnt als Christenmensch auf eine List
Da er das Küchenmesser stark vermisst
Wir sehen, dieser Mann ist nicht ganz ohne!
Man nennt so was auch eine Depressione
Doch seines Weibes Tod, der grause, schnelle
Wär' bisschen schmerzlos wie des Hunds Gebelle
Fremdes Leid macht doch nur richtig an
Wenn auf der Weiterfahrt man es allein genießen kann

Der Esoteriker empfiehlt

Ist der Mensch, und sei es auch ein Bankier, erst einmal zum inneren Kreis vorgedrungen, beginnt er die formenden Kräfte des Lebens zu verstehen. Nein, nicht zu verstehen – zu erahnen. Wälzt sich durch das Bewusstsein zuvor ein innerer Strom von Bewertungen, Hoffnungen, Widerständen und Fantasien, kommt er nun zur Ruhe und beginnt die feinstofflichen Energien zu erkennen. Was, wenn ich in Wahrheit nichts wäre? Keine Person, kein Jemand, kein Geldmensch, sondern nur ein Nichts im leeren Raum? Das ist der Moment der Verzweiflung, der jeden Suchenden überkommt. Aber Verzweiflung hat nichts mit Erleuchtung zu tun. Sie muss überwunden werden und das ist nur möglich durch Loslassen. Ohne Loslassen ist keine Erleuchtung möglich. Erst wenn man loslässt, lösen sich Angst und Verzweiflung in Gelassenheit und tiefen Frieden auf. Möglicherweise war das bei diesem Mann, der seine Frau an der Raststätte vergaß, der Fall. Hier sprechen wir von Spontan-Erleuchtung. Dennoch möchte ich diesem Suchenden eine Empfehlung geben: Möge er sich weit weg von seiner Frau in ein Kloster begeben zu einem vierwöchigen Schweige-Retreat. Das stille Sitzen wird ihm bald vieles vom Rätselhaften seines Lebens aufschließen. Er wird es als reinen Genuss empfinden, wenn sich sein Geist in die Stille versenkt, seine leidvolle Suche beendet und schließlich jene Frau an der Raststätte völlig vergisst.

Vermutungen

Ich vermute, dass der Mann im schwarzen Mercedes an der Raststätte in großer Eile war. Ich vermute weiter, dass die Frau, die er im Café absetzte, nicht seine eigene war. Vermutlich war ihm seine angetraute Ehefrau auf der Spur. Wie wir wissen, benutzte der Mann an der Zahlstelle sein Handy. Seine Ehefrau hat ihn wahrscheinlich angerufen und ihm ein Ultimatum gestellt. Er musste dringend nach Stuttgart, weil sie dort auf ihn wartete. Vermutlich wollte sie eine Erbschaftsfrage mit ihm klären. Und vermutlich nannte sie ihm den Namen eines Anwalts. Dieser Name hat ihm die Sporen gegeben. Es blieb ihm gar nichts anderes übrig. Er musste dringend weg und auf jeden Fall allein. Sonst hätte er alle Ansprüche verloren. Das ist jedenfalls meine Vermutung, und sie erscheint mir äußerst wahrscheinlich.

Auf Jüdisch

Nu, was iss schon passiert? Der Mann war in Gedanken versunken. So was sollte öfter vorkommen. Er hat nachgedacht und nachgedacht und nachgedacht, wahrscheinlich über den weisen Satz des Rabbi Bunam: „Die große Schuld des Menschen ist, dass er in jedem Augenblick die Umkehr tun kann und es nicht tut." Und während er nachdachte, iss ihm das Auto davongefahren. Es hätt' ihm werweißwas passieren können. Aber er hat überlebt! Und seine Frau hat ihn gefunden.

Darauf ein anderer Jude: Nu frag ich dich: Lohnt es zu überleben in so einem Fall?

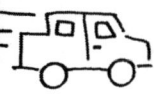

Rufzeichen

Wie! Frau stehengelassen! An der Autobahn! Völlig unglaublich! Aber realistisch! Der Mann hatte es eilig! Natürlich! Und sie? Musste als Tramperin weiter! Ihm hinterher! So was kommt vor! Davor ist niemand gefeit! Gar nicht so ungewöhnlich! Ist mir auch schon passiert! In jungen Jahren! Wollte nach Kopenhagen! Opel-Fahrerin hat mich mitgenommen! Ist mir in Hamburg an einer Imbissbude weggefahren! Mein Rucksack im Kofferraum! Ich mit dem Bus hinterher! Drei Straßen weiter hab ich ihren Opel entdeckt! Der Schlüssel steckte! Die Frau hatte es eilig! Ich auch! Bin in ihren Opel gestiegen und mit meinem Rucksack davongefahren! Allein und unbehelligt! Große Genugtuung!

Ein Horoskop wird gestellt

Authentisch sein und sich trotzdem fortbewegen. Neptun ist zu Ihnen zurückgekehrt, doch Mars steht im Quadrat und sorgt für wilde Sprünge. Wer sich in letzter Zeit oft zurückgehalten hat, könnte jetzt explodieren. Ihr Partner an der Seite fordert Sie heraus, aber Sie gehen nicht darauf ein, obwohl Sie wissen, dass Beziehungen immer aus Konfrontation und Inspiration bestehen. Sie finden Ihren eigenen Weg, auch wenn er für die Umwelt nicht verständlich ist. Machen Sie sich nichts daraus und folgen Sie Ihrem inneren Plan. Die Sterne und die Mondknoten stehen gut für Sie.

Liebe: Zwischen Nähe und Ferne hin- und hergerissen. Gesundheit: Jupiter bringt inneren Reichtum, Venus fördert Schönheitspflege. Job: Ehrgeizige Ziele, forcierte Abwicklung. Tages-Tipp: Je mehr Action Sie haben, desto wohler fühlen Sie sich.

Politisch korrekt

Eine Person, möglicherweise männlicher Herkunft, die laut Genderforschung allerdings auch eine Person überwiegend weiblicher Merkmale sein könnte, möglich ist aber auch ein drittes Geschlecht, das können wir auf keinen Fall ausschließen … auf jeden Fall ist diese Person um die Mittagszeit von Mainz kommend mit einem Personenkraftwagen auf die Autobahn-Raststätte bei Heidelberg aufgefahren und hat dabei seine Partnerin bzw. seinen Partner im Café zurückgelassen. Die/Der Hinterbliebene an der Raststätte sandte der Polizei ein Signal, worauf die Beamten/tinnen eine Fahndung herausgaben. Der Verdacht besteht insbesondere darin, dass es sich um eine Entführung handeln könnte. Die vermisste Person arbeitete im Finanzgewerbe. Genauere Angaben sind aus Gründen des Personen- und Datenschutzes nicht möglich. Sachdienliche Hinweise sind an die Ordnungsbehörden von Rheinland-Pfalz und Hessen weiterzuleiten. Sie werden streng vertraulich behandelt und dürfen die Genderforschung keinesfalls beeinträchtigen – es könnte sich schließlich auch um eine Person des vierten Geschlechts handeln.

Der Autofan

Klasse Wagen, dieser Mercedes 250! Ist abgedüst wie ein Ferrari. Hat seine Gummis in den Asphalt gepresst und schwarze Streifen hinterlassen. Sagenhaft! Dabei war es kein neues Modell. Der Wagen war mit Sicherheit getunt. So ein Tuning ist nicht einfach, da ist mit 'nem Schraubenschlüssel und Ölwechsel nix zu machen. Da muss ein echter Fachmann ran, einer, der was von Elektronik versteht, verstehste. Soweit ich gesehen habe, sind da auch Kolben und Federung verändert worden. So ein Wagen muss härter liegen, viel härter als ein Kombi oder Shooting Brake. Und der hat ein Fahrgestell von AMG bekommen. Vielleicht hat man sogar ein Rennwagenchassis eingebaut. Geht nicht? Alles geht, wenn man die Knete hat und ein schnelles Auto will. Warum ihn die Polizei erwischt hat? Manchmal ist es ganz simpel. Der Kühler versagt … oh, hoffentlich gibt mir Mercedes jetzt noch einen Rabatt.

Der Migrant der soundsovielten Generation

Ey, Leute, geile Sache passiert. Hat einer seine Tussi an der Raststätte abgesetzt und ist weggedüst. Wahrscheinlich hat er die Grundverfassung nicht gelesen. So was ist in Deutschland verboten. Hier darf man Tussis nicht absetzen und wegfahren. Auch nicht im Sand vergraben oder ihnen einen Finger abschneiden. Ey, was guckst du? Hast deinen Schädel nicht glattrasiert! Alter Nazi! – Leute, der Mann hat nur einen Fehler gemacht. So was kann uns nicht passieren. Wir fahren nicht nach Heidelberg, sondern gleich zurück in die Heimat nach Anatolien, wo wir sicher sind.

Der Sportreporter

… ich berichte von der Raststätte Heidelberg, wo eben ein schwarzer Mercedes mit Mainzer Kennzeichen einfährt. Beabsichtigt er einen Reifenwechsel oder will er nur auftanken? Die Tanks haben alle das gleiche Format in dieser Wagenklasse, und wir werden gleich mehr wissen, liebe Zuhörer. Aber was macht der Fahrer da? Er steuert ein Wasserloch an, wie wir Fachleute sagen. Ein Wasserloch in der Boxengasse. Ist ihm das Green Bull ausgegangen, hängt er mit trockener Zunge hinterm Lenkrad? Die Tür geht auf und – es steigt eine Person aus. Eine Person, bei der es sich ganz offenbar um eine Frau handelt. Das ist gegen die Regeln! Das kann zur Disqualifikation führen. Und außerdem sind es mindestens siebzig Kilo mehr, die der Wagen transportieren muss, das sehe ich der Frau an. Jetzt steuert der Fahrer zum Tankhahn, springt gestikulierend heraus und wird aufgetankt. Ja, die Sekunden rennen ihm weg, er muss sich sputen, wenn er noch ins Rennen eingreifen will. Mit einem Satz ist er wieder hinterm Steuer und gibt jetzt Gas. Jaaa! Der Tankboy springt zur Seite, eine Rauchfahne hängt in der Luft, die Reifen krallen sich in den Asphalt und schon ist der Wagen in der Ferne verschwunden …

Drehbuch für eine RTL-Komödie

1

Raststätte Autobahn / Außen / Tag

Der schwarze Mercedes fährt bis zum Raststätten-Café.
Wir sehen den Wagen von außen, dann die Personen innen.

MATHIAS: Trink schon mal einen Kaffee, Liebes.

RITA: Und du? Willst du keinen, mein Schnuckeputz?

MATHIAS: Bin heut schon mit Kaffee abgefüllt (lacht).
Weißt ja, die Kollegen in der Bank! Die schütten sich mit
Kaffee zu. Eine Art Aphrodisiakum.

RITA: Aber hallo! Das brauchst du nicht. – Die haben hier im
Café bestimmt auch ein Bier für dich.

MATHIAS: Alkohol hinterm Steuer? Niemals. Da bin ich
eisern.

RITA: (beim Aussteigen, grinsend)
So eisern bist du? Wusst' ich noch gar nicht.

MATHIAS: Ich fahr nur tanken. Dann hol ich dich ab.

2
Tankstelle Autobahn / Außen/Tag

Der schwarze Mercedes steht an der Tankstelle. Mathias steigt aus und tankt. Dann steckt er den Zapfrüssel wieder zurück und geht zum Zahlen nach innen zur Kasse. Als er zurückkommt, schaut er nachdenklich auf die Zapfsäule. Wir sehen direkt neben dem Zapfhahn für Super den für Diesel. Er steigt ins Auto.

MATHIAS (für sich): Hab ich eigentlich Super getankt? Oder war es Diesel?

Er schaltet die Zündung ein, gibt Gas und fährt davon. Wir sehen, wie er den Kopf schief hält, als lausche er unbekannten Klopftönen des Motors. Dabei wird der Wagen immer schneller und das Lied „Muss i denn, muss i denn zum Städtele hinaus" ertönt.

Schaudern und frösteln

Das Gefährt kam aus dem Nebel heraus angefahren. Schwarz war es wie ein Leichenwagen, und kaum stand es vor der als Jagdhütte getarnten Raststätte, öffnete sich sein Verschlag und eine dunkle Gestalt in einem weiten wallenden Gewand glitt heraus. Mir standen bei diesem Anblick meine letzten Haare zu Berge. Ein Gesicht war nicht zu erkennen, weder vom Fahrer noch von der Gestalt, die zur Hütte schwebte. Der Wagen setzte sich langsam wieder in Bewegung, als habe er das Unheil nur absetzen wollen. Am anderen Ende dieser verfluchten Stätte machte er noch einmal Halt, und nun konnte ich durch den wabernden Nebel eine formlose Figur neben dem Fahrzeug erkennen, ebenso schwarz wie das Gefährt selbst.

Mir schien, als hielt dieses Wesen einen Schlauch in den Händen und füllte etwas oder jemanden ab. Es war ein grausiger Anblick, der mir das Blut in den Adern gefrieren ließ. Lange dauerte es nicht, und jenes Wesen verschwand wieder im Leichenwagen, der plötzlich anfuhr und lospreschte – und mir kam es so vor, als würde ich einen Schrei aus dem hinteren Teil des Wagens hören. Ich taumelte zur Jagdhütte und wischte alle Bedenken bezüglich der wallenden Gestalt, die dort lauerte, beiseite. Ich musste mich von dem Schock erholen, ich brauchte dringend ein Bier, um mich wieder in einen normalen Geisteszustand zu versetzen.

Eine ärztliche Diagnose im Hörsaal

Es handelt sich hier um einen hochinteressanten Fall, meine Damen und Herren. Sie wissen natürlich, dass fehlerhaft gefaltete Beta-Peptide im Gehirn die Ursache für diese gefürchtete Krankheit sind. Senile Plaques und fibrilläre Ablagerungen, wie wir Mediziner das nennen. Aber dieser Fall ist doch einigermaßen erstaunlich. Wir kennen das Beispiel einer 27-jährigen Patientin, die an Alzheimer litt und inzwischen verstorben ist. Wir wissen also, dass Jugendlichkeit nicht schützt – doch hier haben wir ein neues Phänomen vor uns! Der plötzliche Alzheimer. Der Blitzartige. Der Sauseschritt-Alzheimer, wenn ich so sagen darf.

Ein Mann in mittleren Jahren fährt seine Frau zum Café, um nur schnell zu tanken – und vergisst sie dabei. Er fährt davon und lässt sie zurück. Es ist die Rapidität der ausbrechenden Krankheit, die wir hier diagnostizieren müssen. Wie aus heiterem Himmel faltet sich ein Beta-Peptid im Gehirn auf äußerst ungünstige Weise. Wir müssen konstatieren, dass demente Prozesse äußerst schnell vonstatten gehen und können nicht umhin festzustellen, dass Alzheimer eine Krankheit ist, die auf einer Raststätte urplötzlich beim Tanken ausbrechen kann.

Stellungnahme der SPD

Die soziale Schieflage in unserer Gesellschaft ereilt nun auch die Mittelschicht. Davor dürfen wir nicht die Augen verschließen. Wenn bereits ein Bankangestellter eine Tankstelle fluchtartig verlässt, weil ihm die Benzinrechnung einen Schock versetzt und er nicht mehr weiß, wie er die auf ihn bald zukommende Heizölrechnung bezahlen soll – dann stimmt etwas nicht mehr mit unserer gesellschaftlichen Ordnung. Die Mitte ist das tragende Fundament unserer Gesellschaft, und wenn diese Mitte bröselt – dann läuten die Totenglocken für die soziale Marktwirtschaft. Wir dürfen auf keinen Fall diese Errungenschaft, um die uns die ganze Welt beneidet, aufs Spiel setzen!

Stellungnahme der CDU

Die breite Mitte unserer Gesellschaft schaut mit Bedauern auf jenen Fall an der A 5, der von den Fachleuten inzwischen als „groteske Fahrerflucht" bezeichnet wird. Es handelt sich hier um einen Einzelfall, der weder etwas mit einer sozialen Schieflage noch mit der gesamtgesellschaftlichen Ordnung zu tun hat. In Europa spricht man wieder deutsch – das hat auch dieser Bankier gewusst, und wie man hört, ist auch die Konferenz, aus der er kam, in deutscher Sprache geführt worden. In unserem Land muss niemand Angst haben oder sich Sorgen machen. Die soziale Marktwirtschaft ist ein deutsches Erfolgsmodell und wird es bleiben – nicht nur an der A 5, sondern an jeder Raststätte in deutschen Landen.

Stellungnahme der Partei DIE LINKE

Das Vorkommnis auf der A 5 zwischen Heidelberg und Frankfurt zeigt uns wieder einmal die hässliche Fratze des Kapitalismus. Ein Bankdirektor wusste nicht mehr ein noch aus, er verlor die Nerven und floh vor der vermutlich drohenden Insolvenz seines Instituts – um nichts anderes handelt es sich hier. Dieser Fall ist umso bemerkenswerter, als die bisherigen Bankenrettungen der Bundesregierung diesen Mann nicht vor seiner Flucht bewahrten. Für ihn zeigte sich die finanzielle Misswirtschaft als so total, dass er nicht einmal mehr Hoffnung in die politische Führung der Bundesrepublik setzte. Was muss alles noch passieren, bis man die Banken verstaatlicht? Was muss noch geschehen, bis man derartig flüchtige Bankmanager an die kurze Leine nimmt, sodass sie nicht mehr fliehen und auf den Bahamas sich ins Fäustchen lachen können?

Der Sprecher der Bischofskonferenz

Die deutschen Bischöfe sind zutiefst erschüttert wegen eines Falles, der sich mitten im Leben an einer Autobahn zugetragen hat. Hier geht es um die Fundamente des Glaubens, die mit Füßen getreten wurden. Ein Mann, der seine angetraute Frau nicht achtet und ehrt, sondern hilflos zurücklässt – dieser Mann hat sich einer Sünde schuldig gemacht, die auch die herbeigeeilten Polizisten nicht sühnen konnten. Glaube, Hoffnung, Liebe – dies apostolische Dreigestirn scheint in unserer modernen Welt immer mehr zu verblassen, und die Bischöfe fragen sich bestürzt, wie der Weg in eine kirchen- und gottlose Gesellschaft verhindert werden kann.

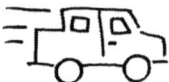

Ein italienischer Pizzabäcker

Die Carabinieri kamen? Aber zu spät, eh? In Italia wir machen es anders. Ich will sagen eleganter. Eleganter als ihr in deutsche Land. Warum die Frau stehen lassen? Warum davonfahren? Isse doch keine Problem. Wir haben eine Frau für daheim, für die bambini, für die cucina, eh! Und wir haben eine Frau draußen – in eine andere Wohnung. Für andere Sachen. Allora – ein Mann braucht auch andere Sachen, nicht nur famiglia. Capisce!

Der alternative Heiler

Bei dieser Art von überhastetem Tankstellenaufbruch ist die Wahrscheinlichkeit groß, dass es sich um eine Störung des Magnetfeldes handelt. Es gibt statische und pulsierende Magnetfelder, wobei ich seit Jahren mit dem pulsierenden Magnetfeld arbeite, ergänzt durch Ferninfrarot-Bestrahlung – mit hervorragenden Ergebnissen, wie ich sagen darf. Bei Katzen und Hunden ging der Flohbefall stark zurück, bei Menschen die Vergesslichkeit.

In diesem Fall rate ich zur Magnoflex-Betteinlage. Flexible Dauermagnete mit einem stabilen Magnetfeld aktivieren die bioenergetischen Kräfte und beeinflussen das Gedächtnis positiv. Ergänzend ist dem Herrn Bankier eine magnetische Kopfbandage zu empfehlen. Ihre Anwendung ist sehr einfach: Man wickelt sie vor dem Schlafen ums Haupt und drückt die Saugknöpfe an Stirn und Hinterkopf. Besonders effektiv bei Glatzenträgern. Begleitend dazu möchte ich eine KnoCit-Kur anraten, wenigstens einen Monat lang. Es handelt sich hier um ein Naturprodukt aus Knoblauch und Zitrone, natürlich nachhaltig angebaut, und ein wahres Elixier für die Hirn-Herz-Durchblutung. Keine Angst vor Mundgeruch. Er verliert sich von Woche zu Woche mehr.

Ayurvedische Ratschläge

Bei den beiden Leidtragenden von der A 5 ist dringend eine Typbestimmung nötig. Jeder Mensch kommt mit einem bestimmten Energiemuster auf die Welt. Und diese Doshas sind Pitta, Vata und Kapha, also Feuer, Luft und Erde. Sie sind bei vielen durch ihr unstetes Leben nicht mehr im Gleichgewicht. Zu viel Pitta oder zu viel Kapha – und schon geschehen Dinge, die nicht geschehen sollten. Als Erstes ist den Leidtragenden eine Ganzkörpermassage mit warmen Ölen anzuraten, damit ihre unterversorgten Doshas gestärkt werden und die richtige Balance finden. Mit einem ayurvedischen Morgenritual werden Kreislauf und Stoffwechsel angeregt. Erst die Kopfhaut mit Fingerspitzen massieren, dann den ganzen Körper mit dem Seidenhandschuh behandeln und dabei auch die intimen Stellen nicht ignorieren. Das anschließende Ölziehen stärkt die Abwehrkräfte. Einen Esslöffel Sesamöl in den Mund nehmen und mehrere Minuten durch die Zähne ziehen – aber auf keinen Fall herunterschlucken. Im Sud verbergen sich Schlacken und Toxine. Abends empfiehlt sich ein froher Tanz und belebendes Yoga und auch ein Bad mit Sesamöl und Ingwer oder Ginseng. Eine reine Gesichtshaut, klare Augen und scharfe Sinne, die weder die eigene Frau noch sonst etwas an der Raststätte vergessen, werden nach wenigen Wochen die Folge sein. Bei manchen kann es allerdings auch einige Jahre dauern.

Ein Grieche spricht

… und ich sage euch, beim Apoll, der Mann, der von der Raststätte abgehauen ist, kann nur ein getarnter griechischer Banker gewesen sein. Vielleicht war es auch ein Reeder aus Piräus, aber das ist unwahrscheinlich. Denn die Reeder sind bei uns sowieso von der Steuer befreit. Wozu also fliehen? Es genügt, nach Zürich zu fliegen. Natürlich mit ein paar Geldkoffern. Oder nach Berlin, dort kann man mit den von Europa geschenkten Euros ganze Straßenzüge kaufen mit Grundstücken drauf. Der Raststätten-Banker aber wusste, dass ihm die französischen und italienischen Banken auf den Fersen sind. Deshalb war der Mann gehetzt, da vergisst man schon mal die Frau. Nur – wohin wollte er genau? Ich sag's euch. Frankfurt ist nahe. Frankfurt ist eine Bankenstadt! Na, klingelt's jetzt? Beim Apoll, Gauner treibt es immer zu den eigenen Leuten!

Die offizielle griechische Perspektive

Die griechische Regierung nimmt mit Genugtuung zur Kenntnis, dass es auch in Deutschland abwärts geht. An Raststätten flüchten harmlose Banker ins unsoziale deutsche Niemandsland. Wie alle wissen, sind wir Griechen auch an dieser Misere ganz und gar schuldlos. Schuld sind stattdessen deutsche Autobahnen und ihre schlechten Raststätten. Wir werden so etwas nicht in Griechenland zulassen. Wir sind stolze Griechen und fordern deshalb weitere Hilfsleistungen aus allen verfügbaren europäischen Geldtöpfen, damit es unseren Bankern und Reedern nicht genauso ergeht. Und außerdem werden wir uns auf keinen Fall ändern. Wir wollen weiterhin stolze Griechen bleiben, und da Korruption und Misswirtschaft für uns unverständliche Fremdworte sind, können wir sie auch nicht bekämpfen. Wir tanzen stattdessen lieber Sirtaki und trinken Ouzo und lieben unsere Illusionen und unseren Dilettantismus. Dabei wird es bleiben, so wahr wir stolze Griechen sind.

Der Außerirdische

Melde ungewöhnlichen Fall auf Schnellstraße inmitten des Kontinents Europa – Schwarzes Gefährt namens Auto verlässt Rastplatz in rasender Fahrt – Fahrer hat zuvor ins All geschaut, den Finger nach oben gestreckt – Sieht menschlich aus, ist aber wahrscheinlich ein Alien – Will er nach Hause? Ist er vom interstellaren Heimweh befallen? – Vermutlich sind wir nicht die einzigen Fremden auf diesem Gestirn – Versuche herauszufinden, aus welchem Sonnensystem er stammt – Werde seine Mission ergründen – Sende Grüße vom Planeten der Scheußlichkeiten.

Der Literaturkritiker klärt auf

Hier haben wir es mit einem in der Literatur einzigartigen
Fall zu tun, einem authentischen Vorfall, der sowohl Sujet
wie Thema in ein knappes und rätselhaftes Bild fasst, das
nur der Literaturkritiker zu entschlüsseln imstande ist. Sage
keiner mehr, dass die Belletristik unserer Tage belanglos
geworden ist – öffnet der Schriftsteller nur seine Augen
und Ohren, so zeigt ihm die Wirklichkeit den Weg. Mit
lyrischem Tandaradei hat diese Prosa in der Zeitung allerdings nichts zu tun, es handelt sich vielmehr um ein sprödes
Rudiment, eine düstere Anekdote der uns umflutenden Realität. Nicht mit Ergebnissen irgendwelcher Art kann dieser
kleine Text aufwarten, wohl aber mit kaum definierbaren
Tönen und Farben. Was sie andeuten, sind Regungen und
Stimmungen, Unbewusstes und Geahntes, Skurriles und
Wunderliches. Der Subtext macht in suggestiver Geste
deutlich, dass hier ein Dichter versucht, sich verzweifelt gegen die Flut der Anmutungen zu wehren. Ja, ich scheue nicht
das Wort Dichter, auch wenn Held und Autor der kleinen
Zeitungsmeldung nichts von ihrer wahren Berufung wissen.
Und vielleicht sogar sind die beiden eine einzige Person,
eine Person, die auf diese Weise ihrer Zerrissenheit eine
Sprache gibt. Eine Sprache, die uns unmittelbar anspricht.
Unzweifelhaft liegt mit dieser unscheinbaren Zeitungsmeldung ein subtiles dichterisches Dokument unserer Zeit vor.

Ein Schreibschüler

Am liebsten würd ich einen Krimi schreiben, eventuell ging auch eine Tragödie. Tragödien machen mich an. Da bin ich firm drin denn kürzlich bin ich wieder im Lotto an ein paar Richtigen knapp vorbeigeschrammt. Aber unser Schreiblehrer meint ich soll mal mit was Kleinem anfangen und hat mir die Zeitungsmeldung „Ehefrau vergessen" gegeben. Daraus soll ich was machen. Schriftlich gestalten nennt er das. Aber das ist schon mal so ein Ausdruck den die Lektoren wo für die Verleger arbeiten gar nicht originell finden tun. Ich mach's den großen Meistern nach. Göthe hat auch nicht die Rechtschreibung beherrscht und Schüller hat die Kommas weggelassen und Schäckespier konnt nur Dramen schreiben, wo er die Ideen irgendwo geklaut hat. Hab ich jedenfalls mal gehört und deshalb find ich die drei ziemlich okay. Überhaupt soll doch jeder so schreiben wie ihm der Schnabel gewachsen ist denn da kommt was bei raus dabei. Das ist das wahre Leben wie's die meisten gern haben und wie Bestseller entstehen. Und nicht so'n verdrehtes Zeug wo man ewig nachdenken muss wie's gemeint ist. Was war eigentlich noch mal das Thema?

Im Groschenroman

Rita quollen Tränen in die Augen. Sie stand vor der Tür des Cafés an der Raststätte und hielt Ausschau nach ihrem geliebten Mathias. Vor noch nicht fünfzehn Minuten hatte er sie am Café abgesetzt, nur schnell tanken wolle er und dann zu ihr eilen, um sie wieder in die Arme zu schließen und vielleicht noch einen Kakao zu schlürfen. Der Gute war etwas magenempfindlich und vertrug das Coffein nicht, und deshalb bereitete Rita ihrem Mathias daheim immer einen Kakao und manchmal auch einen Ingwertee. Wo blieb er nur? Rita drehte sich im Kreis, aber sie konnte ihren lieben Mann nirgendwo sehen. Auch sein Auto war verschwunden. Obwohl – fuhr da hinten nicht eine schwarze Limousine davon? Rita stellte sich auf die Zehenspitzen, um vielleicht noch die Nummer zu erkennen, aber schon war der Wagen außer Sichtweite. Ein bisschen schnell fährt er, dachte sie, so schnell fährt mein Mathias nie … und wieder rann eine Träne über ihr bleiches Gesicht und tropfte auf die hochgeschlossene Bluse. Es wird ihm doch nichts passiert sein, ging es ihr durch den Kopf, und bei diesem Gedanken wurde ihr schwindlig, sodass sie der Länge nach umkippte. Und hätte nicht ein gutaussehender Mann in den besten Jahren in ihrer Nähe gestanden, wäre sie auf dem Boden aufgeschlagen. Doch der galante Endvierziger fing sie auf und flüsterte ihr zu: „Der Kuchen hier bekommt wahrlich nicht jedem. Ich bin übrigens Graf von Podminski …"

Faustisches

Habe nun, ach! Wirtschaft
Und Juristerei studiert
Vor allem aber Wirtschaft
Mit heißem Bemühn und starkem Drang nach Geld
Da sitz ich nun in mei'm Mercedes
Und werd gejagt von den Furien des Kapitals
Und sehe jetzt, dass wir nichts wissen können
Von Pleiten, Prunk und Preisen
Ach, eine Pein ist dieses Leben
Ein Jammertal das alles
Kein Hund möcht ohne Fressnapf leben
Ein Mensch nicht ohne Zaster
Drum hab ich mich dem Zertifikatehandel
Und den Leerverkäufen hingegeben
Warum sollt ich mit saurem Schweiß
Nur ein paar Hunderttausend machen?
Am Gelde hängt's, zum Gelde strebt doch jeder
Doch die Häscher haben meine Spur genommen
Und bang in meinem Busen klagt die Frage
Werd' ich entkommen?

Aromen

Zu dieser Stunde hing ein deutlicher Geruch von Benzin über der Tankstelle, genauer gesagt, Diesel drang in meine Nase – der olfaktorische Unterschied ist dem Kenner bewusst. An der Kasse drinnen verbreitete sich ein Aroma aus gebackenen Brötchen, vermischt mit einem elenden Furz. Ich bin mir nicht sicher, ob letzterer Geruchspartikel von dem Kerl aus dem schwarzen Mercedes stammte, doch manches deutete darauf hin. Er kratzte sich hinterwärts an seinem Allerwertesten und zog die verrutschte Hose nach oben. Als er sich seines Sakkos entledigte, erreichte mich eine Ausdünstung von Schweiß. Ohne Zweifel handelte es sich um Angstschweiß. Darauf wiesen auch die Schweißperlen auf seiner Stirn hin, die geruchlich allerdings nichts hermachten. Doch als dieser Mensch sein Portemonnaie zückte, um mit einer Goldkarte zu zahlen, drang der schwache Duft eines billigen Parfüms mir in die Nase. Hier konnte es sich nur um die Anhaftung eines weiblichen Odeurs an den Geldbeutel handeln. Offenbar hatte der Mann unvorsichtigerweise sein Portemonnaie kurzzeitig einer Frau überlassen. Als er mit schnellem Schritt die Zahlstelle verließ, wehte mich ein leichter Zwiebelgeruch an. Er musste, kein Zweifel, von einem Tomatensalat stammen, der mit einigen Zwiebelscheiben garniert war. Die Reifenspur, die er draußen hinterließ, sandte dagegen das Aroma von verbranntem Gummi in meine Nase.

Per SMS

An Raststätte: Schwarzer Mercedes zischte ab wie Rake-
te. Frau winkte. Polizei traf ein. Entführung? Leider weder
Schüsse noch Blutbad. Ich bleib dran.

Balladeskes

Wer wagt es, ihr Kaffeetrinker und Benzingeschädigten
Meinem Göttergatten zu folgen?
Einen güldenen Armring bekommt der Mutige
Einen Armring, den ich kaufte für viel Geld
bei Schmuck & Co. – ihr wisst schon wo
Fort ist mein Ehegesponst!

Und wenn ihr hört Gespenst, ist das auch nicht verkehrt
Flucht kann ich dem Ehegespenst nicht durchgehen lassen
Ihm nach, ihr Mutigen!
Besteigt eure Schlachtrösser und gebt Gas
Noch kann er nicht weit sein
Ihn einzuholen ist ein Klacks
Für alle BMW-Fahrer und sonstige Piloten

So sprach die Frau, die holde, und hebt die Hand
Und weist den Weg
Zur Autobahn, auf der es braust gefährlich
Ja, schroff und rüde scheint diese Bahn
Für Ritter nur geeignet und nicht für Knappen
Die auch sofort einen Schritt nach hinten machen

Wer ist der tapfere Held?
Wo steckt der Kühne, der Verwegne?
Hier geht's um Wagemut
Um Furchtlosigkeit und Courage
Und das alles möglichst pur und rein
Auf, auf, ihr Männer, endlich findet ihr eine Rolle
Die wie gemacht ist für Bond, den James

Doch keiner wagt den ersten Schritt
Die Herren bleiben alle stumm im Rasthaus-Café
Wie Fische, die an Land geworfen sind
Endlich tritt einer vor, ein schmaler Bursch
Ein Hänfling eher und vermutlich Fiat-Fahrer
Und was begehrt er mit leiser Stimm?

Er möcht' den Armring sehen, den güldenen!
Wer sich auf so verwegene Tour begibt
Der will den Preis, den er erringt
doch mal, wie soll ich sagen – inspizieren?
Er hält ihn in den Händen jetzt
Schaut auf und sagt betrübt

Von Schmuck & Co. soll dieser sein?
Verehrte Dame, das ist ein Reif von Aldi!
Ich muss, so leid mir's tut
Zurück ins Glied
Für Blechschmuck, der auf Gold macht
Bin ich leider nicht zu haben

Der grüne Enthusiast

Die Autobahn an sich ist ein unmögliches Ding, wie man gerade wieder an dem Raststätten-Vorfall sehen kann. Ich bin seit jeher gegen Schnellstraßen gewesen. Der fahrende Mensch, besser gesagt das fahrende Volk, neigt zum Rasen, gibt man ihm nur die Möglichkeit dazu. Die Folgen der Raserei muss ich wohl nicht ausführen. Die Autos heute sind die reinsten Rennwagen. In der einstigen DDR hat man es richtig gemacht, dort ging es fortschrittlich zu, denn es gab nur eine Gehhilfe namens Trabbi.

Vor mehr als zehn Jahren habe ich bereits an meinen Landtags- und Bundestags-Abgeordneten geschrieben, eine Petition verfasst und darin aufgefordert, alle Autobahnen zurückzuverwandeln in Grünflächen, Grünflächen, auf denen meinetwegen Radfahrer den höchsten Gang einlegen können, aber vor allem Fußgänger mit Rucksack auf dem Rücken die Strecke von Mainz nach Stuttgart sich erwandern sollen. Meine Petition wurde von drei weiteren naturnahen Zeitgenossen ebenfalls unterzeichnet, doch bis heute habe ich keine Antwort von meinen Abgeordneten erhalten. Ich zweifle allmählich, ob sie mich verstehen. Aber auf keinen Fall werde ich sie wieder wählen. Wir benötigen eine Rückbesinnung auf wahre Tugenden, nicht Beschleunigung ist gefragt, sondern Entschleunigung. Der Mensch ist ein wanderndes Wesen, und ich persönlich wünsche keinen Umgang mit diesen verderbten Rasern auf unseren

Autobahnen. Man sieht ja, was passiert. Die deutsche Autobahn ist ein Suchtmittel, schlimmer als Alkohol oder Tabak.
Aber das hat noch niemand erkannt – außer mir. Dieser Kerl
an der Heidelberger Raststätte war süchtig nach schneller
Weiterfahrt, in einem unbeobachteten Moment hat er sich
seiner Sucht ergeben und sogar die Frau zurückgelassen
… Wie ich selbst auf die Autobahn komme? Bittschön, ich
bin lediglich Mitfahrer, und ermahne die Person am Steuer
unentwegt, nicht schneller als fünfzig Stundenkilometer zu
fahren. Man muss doch die Landschaft genießen, wenn man
sie schon nicht erwandern kann!

Der Gutmensch

Ich denke, wir müssen in unserer Zeit die Dinge global betrachten. Ich denke weiter, warum brauchen wir die A 5
überhaupt? Die A 5 verleitet dazu, die eigene Frau stehen
zu lassen, um in Irrsinnsgeschwindigkeit davonzufahren.
Mein Appell gilt allen Politikern und Tiefbauunterneh-
mern: Überwindet euch, baut die A 5 ab und überreicht sie
den armen Menschen in Somalia! Das wäre wirklich eine
humane, große Tat. Autobahnen dürfen nicht nur in Europa Existenzrecht haben. In Somalia und Nigeria sehnen sich
die Einwohner nach einer Schneise durch ihr Land. Endlich
nicht mehr mit Esel oder Kamel durch unwegsames Gelän-
de ziehen! Endlich alle paar Kilometer eine Wasserstelle finden, in der man sogar einen Becher fair gehandelten Kaffees
bekommt. Auch bei der nach Afrika verlagerten A 5 sollten
wir einen fairen Preis entwickeln – also gar keinen. Denn
die Leute dort besitzen keine Reichtümer. Doch wer einmal
in die Augen eines somalischen Kindes geschaut hat, weiß
genau: Geld ist kein Wert – der Blick in die Kinderaugen ist
Entgelt genug, es ist ein Schatz, den uns niemand mehr rau-
ben kann und der uns dem Himmel auf Erden näher bringt.

Maler Klecksel

Ein Jammer, dass ich meine Staffelei nicht mit mir führte. Der Mann war wie geschaffen für ein expressionistisches Bildnis. Und das an einer Autobahn-Tankstelle beim Kassieren! Dieses Kinn! Das sprang direkt aus seinem Gesicht heraus. Und die Nase erst. Typ Alter Grieche. Der hätte sofort eine Rolle in einer antiken Tragödie bekommen. Als Halbgott oder so. Ohne auch nur eine Sekunde nachzudenken, zückte ich meinen Block, um wenigstens den Eindruck festzuhalten. Leider drehte der Halbgott mir auf einmal den Rücken zu, sodass ich um ihn herumschlich und von der anderen Seite kam. Jetzt hatte ich ihn vorn – aber in dem Moment bemerkte er mich und schaute mich ungnädig an. Was soll ich machen, ich bin Künstler! Interessante Physiognomien ziehen mich an wie das Licht die Motten. Ich wandte meinen Blick zum Kassierer, der eine völlig irrelevante Visage herzeigte und mich dabei auffordernd anlächelte. Ach, es wollen immer die Unbedeutenden ins Bild – daher rührt übrigens der Titel der gleichnamigen Zeitung. Ich wandte mich von der belanglosen Physiognomie ab, doch in dem Moment stürzte der Typ Alter Grieche aus der Zahlstelle zu seinem schwarzen Mercedes, während ich in aller Eile noch sein linkes Ohr auf meinem Blatt festhielt. Das Ohrläppchen war enorm groß, ein untrügliches Zeichen für Willensstärke und die Qualität zum Halbgott.

Was man so hört

Zuerst herrschte Stille, doch kaum war ich in die Zahlstelle eingetreten, setzte ein unruhiges Gemurmel ein. Es war, als würden sich die Zahlwilligen hörbar Luft machen und die gerade erhöhten Benzinpreise leise diskutieren. Ich spitzte meine Ohren, um eine Tendenz herauszuhören, aber in dem Moment ließ einer draußen seinen Motor aufheulen. Das war mehr als ungehörig, es war ein Geräusch, das zivilisierte Ohren beleidigt. Mein Vordermann in der Schlange räusperte sich, ein anderer hustete vor sich hin, das Gemurmel verstummte für einen Moment, um dann umso stärker wieder in meine Gehörgänge zu dringen. Die Tür quietschte, als sie einer von draußen aufzog, doch sich nicht in die Schlange einreihte, sondern am Zeitungsständer Halt machte, sich die Finger mit schnalzendem Lippengeräusch nass machte und eine Illustrierte aufblätterte. Er griff noch zu einer Boulevardzeitung und legte sie schließlich raschelnd wieder zusammen. Gekauft hat er sie nicht, doch seine Schuhe knarrten, als er näher kommend sich anstellte. Es handelte sich vermutlich um neue Schuhe mit einer Sohle aus Luftpolstern. Vorn in der Reihe drehte sich jener Mann, der gesucht wird, gerade um und entließ ein pfeifendes Geräusch aus seinem Mund. Ich dankte innerlich, dass es nicht aus einer anderen Körperöffnung kam. Möglicherweise war dieser Mann glücklich, dass seine Kreditkarte noch nicht gesperrt war. Auf jeden Fall verließ er die Zahlstelle mit einem

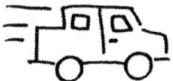

kehligen Schnappgeräusch und öffnete draußen die Tür eines schwarzen Mercedes. Als er saß, zog er sie mit einem lautem Rums ins Schloss. Der Motor nahm brummend seinen Dienst auf, und mit einem unpassend heulenden Ton verließ der Wagen die Tankstelle. Vielleicht hatte er aus Versehen Super plus getankt – das Geräusch war ganz danach.

Der Sprachbegeisterte

I

Südwärts! – auf in Richtung Stuttgart!
Doch Heidelberg, du Schöne, dich vermiss ich sehr.
Heidelberg, welch ein Name! Er zergeht im Mund wie reife
Heidelbeeren. Und mahnt zugleich: Ein Berg ist es, ein Berg!
Den will ich baldigst erklimmen.

II

Deutsche Raststätten – ein Graus, ein unaussprechlicher!
Schon das Wort stößt mich ab. Und der Kaffee erst! (Wer an
italienischen Autostradas geruht hat, dem ist die deutsche
Variante verpönt.) Doch diese Frau im Café! Sagen wir es
offen: Sie hatte was! Was Italienisches? Wedelte mit einem
Schal durch die Luft. Ungemein preziöser Anblick.

III

Ich betrachte Menschlichkeiten. Nur das zählt. Habe sie an-
gesprochen. Wunderbarer Schal! Feinster Stoff! Persische
Seide? Sie antwortete irgendwas, das mir nicht einleuchte-
te. Ich bat sie zu Tisch. (Eine Aktion wider meinen Vorsatz.)
Lud sie zu einem Espresso ein. (Man kann ihn trinken, wenn
man danach die Zunge ins Klobecken hängt.)

IV

Ihr Mann, ihr Mann! Ist ihr davongefahren. So habe ich verstanden. Sie getröstet. Dachte: Solche Männer sind keinen
Schuss Pulver wert. Sagte: Ein Mann, der solcher Frau da-
vonfährt – der ist kein Gewedel mit einem persischen Schal
würdig. Zwinkerte ihr zu: Soll lieber mir wedeln!

V

Das tat sie denn auch. Zu meiner nicht geringen Verblüf-
fung. Wandte sich zur Toilette und wedelte mir von der
Tür zu. Die Dame gefiel mir immer mehr. Witz verpackt
in Humor. Ich könnte auch sagen: potenzierter Witz. Sollte ich ihr nach? Es überkam mich jedenfalls ein Gefühl der
Nachsteigerei. Zugleich hörte ich die Worte: „Hier wird
aufs bescht der Durscht gelöscht." Schwäbisch in Reinform,
soviel ist sicher.

VI

Der Satz enthusiasmierte mich. Ich notierte ihn sofort in
mein rotes Blöckchen. Fühlte mich erinnert an Tübingen.
Meine Studentenjahre. Dort wurde auch aufs bescht der
Durscht gelöscht. Das vergisst einer nie. Doch meine persische Schalfrau – wo blieb sie? Hatte die Toilette sie ver-
schluckt? War der Schal ihr zu Ohren gestiegen?

VII

Draußen, draußen sah ich sie. Drehte mir den Rücken zu und wedelte mit dem persischen Schal. Wo ich doch hier drinnen saß. Aber hallo! Wir wollen doch nicht die Richtung verwechseln. Das zu erwedelnde Subjekt befindet sich innenwärts! Ich bin's! Überlegte kurz, ob ich an die Scheibe klopfen sollte. Um dann mit meinem Knopflochtuch von drinnen eine heftige Wedelei anzuzetteln. Entschied anders. Eventuell war die Dame nicht ganz koscher. Mein Heidelberg lockte mehr. Mit ein paar Heidelbeeren im Mund die Burg ersteigen – das war die Großtat, die meiner harrte. (Ihr Sprachfreunde versteht das!)

Die Wiesbadener Sicht

Ein Mainzer ist von einer Raststätte verschwunden? Warum sollten wir Wiesbadener uns damit beschäftigen? Wiesbaden ist eine Weltstadt, ein internationaler Magnet, eine Metropole mit Flair. Raststätten am Wegesrand interessieren uns nicht, Mainzer noch weniger. Vermutlich hat der Mann seinen Domsgickel im Gepäck gehabt, und es trieb ihn zurück in sein goldiges Städtchen. Man sagt denen auf der anderen Seite ja starken Lokalpatriotismus nach, ein Begriff, über den man bei uns die Nasen rümpft. Hat er eigentlich den Kaffee seiner Frau bezahlt? Bei Mainzern weiß man nie. Geldprobleme sind bei denen immer möglich, die regen sich ja auch über ihre niedrigen Parkgebühren auf, außerdem war der Mann Bankier. Sollte zu uns kommen ins Casino. Da erlebt er die große Welt und kann im weißen Saal ein Vermögen gewinnen und dabei etwas Andacht walten lassen. Und staunen. Nämlich über die Pracht unseres Kurhauses.

Zum Autor

Lothar Schöne wurde im sächsischen Herrnhut geboren, studierte in Frankfurt a. M. und Mainz, promovierten in Tübingen, arbeitete als Collegelehrer und Dozent, war Feuilletonredakteur in Mainz und Mitarbeiter des SWR. Er hat Theaterstücke, Romane, Erzählungen und Sachbücher veröffentlicht. Er erhielt etliche Literaturpreise, zuletzt (2014) den Taunus-Rheingau-Kulturpreis in der Sparte Literatur.

Mehr über Lothar Schöne im Internet: www.lotharschoene.de.

Im E. Humbert Verlag erschienen von ihm: „Diva und Domsgickel" (2011), „Die unsichtbare Bruderschaft" (2012) und „Tote sterben gesünder" (2013).